出雲の
あやかしホテルに
就職します⓫

硝子町玻璃

双葉文庫

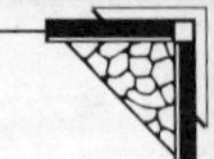

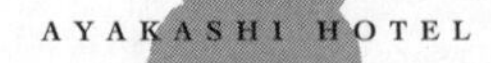
AYAKASHI HOTEL

プロローグ

姉に「友人に孫が出来た。可愛いから会わせてやる」と無理矢理連れて来られたのは、ほてるの庭だった。あの女陰陽師が作った忌々(いまいま)しい場所。

「いい。私は人間の子供になんて会いたくない」

「そう言うでない。とても愛らしい顔立ちをしておる。あれは将来かなりの別嬪(べっぴん)になるな」

あの櫻葉(さくらば)とかいう陰陽師のせいで姉は変わってしまった。元々人間好きだったが、何もない時でも人間の住み処(か)まで足を運ぶようになったのだ。

碧羅(へきら)としては面白くない。奴らに自分の姉を取られた不快感があって、「どうでもいい存在の人間」が「嫌いな人間」に格下げされた。

何が愛らしい顔立ちだ。どうせそこらの女神に比べたら……。

「ほら碧羅。この娘が悠乃(ゆうの)の孫だ！」

自慢げに笑う雲居(くもい)の傍らにいたのはまだ五、六歳の人間だった。碧羅を見るなり、雲居の背中に隠れてしまった。

「安心しろ永遠子(とわこ)。こやつは私の弟だ、怖くないぞ」

「……弟？」

　人間がひょっこりと顔を出す。

　純粋な光を閉じ込めたつぶらな瞳。形のいい鼻。ふっくらとした頬。

　確かに人間の子供にしては顔の造形がいい。――なんて考えていると、子供は碧羅に近付いてくんくんと匂いを嗅ぎ始めた。

「うわっ、こいつ獣か⁉」

　思わず後ずさりすると、少女はきょとんとした顔をしたあとに破顔した。

　そして何を思ったのか、碧羅の髪を掻き回し始めた。

「うわわわっ、姉上！　姉上助けてよ！」

「面白い人間だろう？　別嬪になるだけじゃなくて、悠乃のような女傑になるぞ」

「いいから止めてってば！」

　人間の子供如きに攻撃なんてみっともない真似をしたくなくて逃げ出すと、何故か笑顔で追いかけて来る。

「おいかけっこー！」

「うるさい！　逃げているだけだ！」

「ねえねえ、へきらもわたしとおともだちになって！」

「やだ！　なってやるもんか！」

誰が人間の友になんかなってやるものか。

姉を誑かした女の孫め。振り向いて睨めば、速度が速くなった。

「おともだちになってよー！」

「そやつ、友になると言ってやらんと、どこまでも追いかけて来るぞ」

妖怪か。友になるつもりはないが、これ以上追いかけられるのも嫌だ。

碧羅は立ち止まり、振り返った。すぐ背後に子供が立っていたので驚いた。

「お、お前がもっと上品な人間になれば、友になってやってもいいよ」

「じょーひん？　どんなの？」

「そんなの悠乃に聞けばいいだろ」

子供は不思議そうに首を傾げていたが、すぐに目を輝かせて「分かった！」と返事をした。

「じゃあ、わたしじょーひんになる！　だからおともだちになってね」

「うん……」

「うそついたら、もっとおいかけるね！　あなたとってもいいにおいがするから、おいかけやすいの！」

怖いことを言う。

「上品な人間か。この調子ではまだまだかかりそうだが……一生懸命励むのだぞ、永遠子」

「ありがと、くもい！」

子供に礼を言われて、目尻を下げて笑う姉に苛立ちと驚きを覚える。こんなふうに笑う彼女を見るのは初めてだった。

「よーし、では今度は私と鬼ごっこをしようではないか」

「する！　じゃあわたしとくもい、どっちもおにね！」

「では一緒に走ろう！」

姉と子供が走り出す。

その際、甘く爽やかな香りがした。雲居が着けている髪飾りからだ。碧羅が山で紫色の花を見付け、それを加工して姉に贈ったのだ。きっと似合うと思ったから。

「………………」

碧羅は満面の笑みで走り回る子供を一瞥して顔を背けた。

人間は嫌いだ。特に妖怪と友になりたいだなんて馬鹿なことを言う人間は。

けれど、あの子供がもう少し大人しくなれば。その時は姉とお揃いの髪飾りくらいは作ってやってもいい。

第一話　大嫌いな人間

「あなた……碧羅？」

碧羅。永遠子を攫い、椿木の本家を襲撃した妖怪が目の前にいる。

碧羅も見初に気付いているようで、まっすぐ視線を向けてくる。

周囲の人々は碧羅が見えておらず、突然降り出した雨に慌ただしく建物の中へ避難していた。

「…………」

「あの……」

　こちらの問いかけに応えず佇む妖怪に、見初は困った表情を浮かべつつ傘を開いた。このままでは風邪を引いてしまう。見初も、……碧羅も。

「ほ、ほら、妖怪も雨に濡れると寒いから軒下にでも行かない？　ね？」

「ぷぅぷぅ、ぷぷぅ！」

　白玉とともに再度声をかけながら近付くと、碧羅は我に返ったように目を見開いた。そして顔を歪めて後退りをする。

「な、何のつもりだ。来るな！」

「そこまで敵意剥き出しで怒らなくたっていいでしょ！　大体そっちから出てきたわけだし！」

勝手に現れて勝手に怒り出すとは失礼な。こっちは傘に入れてあげようとしているのに。見初がむっとして言い返すと、碧羅はギッと睨み付けてきたが不思議と迫力がない。おかしい。見初は「ん？」と首を傾げた。

碧羅は椿木家の陰陽師が束になっても敵わないほどの圧倒的な力を持つ妖怪だ。今は子供の姿をしているものの、椿木家の屋敷で対峙した時は、巨大な龍にも変化していた。きっとその気になれば、見初なんていとも容易く蹴散らせるだろう。なのに悪態をつくだけで、何もしようとしない。

いや出来ないのだとしたら。

「碧羅……もしかして体弱ってる？」

よく見ると碧羅の顔色がよろしくないように見える。目の下にもうっすらと隈が出来ており、呼吸も荒い。

見初が碧羅の顔を覗き込むと手で振り払われたが、その力も弱々しい。

「お前の、お前のせいじゃないか……！」

声を振り絞って呻くように言い放つ子供に、見初は目を丸くした。

心当たりがまったくない。変な言いがかりをつけられている？　と詳しく話を聞こうと

した時、

「急げ、こっちの方向に碧羅が逃げたぞ」

「まったく、逃げ足の速い奴だ。ここまで手こずらせやがって……」

何やら嫌な感じの会話が見初の耳に届いた。その直後に碧羅の舌打ちも。

どうやら彼らに追われているらしい。声がした方向に視線を向けると、黒服の男たちが傘も差さずに何かを探すように辺りを見回している。

その一人が見初の側にいる碧羅に気付くと、「いたぞ！」と短く叫んだ。それを合図としたように他の男たちが一斉に碧羅目掛けて走り出す。

「うわーっ⁉」

迫力満点の光景に恐れをなした見初も、その場からすぐさま離れる。

「あの女、ホテル櫻葉の従業員だぞ……！」

「おい待て女！　そいつを置いて行け！」

「まさか碧羅の仲間なのか……⁉」

黒服の男たちが叫んでいるが、見初にはそれらに耳を傾ける暇などなかった。

「お前何をしているんだ！　どうして私まで連れて行く……⁉」

碧羅を両手で抱えるのに必死だったからである。その際に投げ捨てた折り畳み傘は、コンクリートの上で寂しく雨に打たれていた。

それを拾う緑色の小さな手。

「あの女の人……ホテル櫻葉の人間さんだぁ」

子河童は見初が逃げ去った方向をぼんやり見詰めていた。
◆◆◆

「……というわけでうちの子が鈴娘の傘を拾ったんだぁ」

河童（父）に見初の傘を差し出され、冬緒は言葉を失った。

近頃見初に元気がないと気付いてはいたのだ。本人は普段通り振る舞っているつもりでも、時折表情が暗くなっていた。

さらに白玉や風来たちに触れようとする時、何故か緊張する素振りをするのだ。そして触れたあとに安堵の表情を浮かべる。

冬緒の目にはそれが触覚の力を恐れているように見えた。なので直接、もしくは日記の中で尋ねようと考えていた時、河童親子がずぶ濡れになりながらロビーに入って来たのだ。

急に泊まりに来たのかと思えば、彼らは碧羅という妖怪が見初とともに謎の男たちから逃げていたと報せに来てくれたのだった。

フロントの永遠子に視線を向けると、彼女は青ざめた表情で固まっていた。ここは自分がしっかりしなければと冬緒は深呼吸してから、見初たちを見たという子河童に質問をした。

「黒い服を着ていた人間は、自分たちのことを何か喋っていたか？」

「ううん。でも可愛いお札持ってたなぁ」

「か、可愛い？」

「お花の絵が描いてあるんだぁ。……あ、ここに来た時に貸してもらえるお札と同じかも」

　ホテル櫻葉で妖怪や神の客に渡している目晦まし（めくら）の術の札。つまり椿木家の札だ。だが椿木家の陰陽師が碧羅だけでなく、何故見初まで追っているのだろう。冬緒が傘を見詰めながら考え込んでいると、子河童が思い出したように口を開いた。

「でも鈴娘さんは流石だぁ。妖怪を持ってあんなに走れるなんてすごい」

「妖怪を持って……？　どういうことだ？」

「碧羅って妖怪は鈴娘さんに両手で抱えられていたんだぁ。本人が放せって言っても、鈴娘さん放そうとしなかったんだぁ」

「は……!?」

　いよいよ状況が分からなくなってきた。

　てっきり見初は碧羅の人質になっているのかと思いきや、見初が碧羅を抱えて逃げている。そうなると、大分話が変わってくる。

しかも碧羅も文句を言いつつ、されるがままになっているとは……。

「……ごめんなさい、冬ちゃん。ちょっと外すわね」

「ちょ……永遠子さん⁉」

急にロビーを飛び出してしまった永遠子を追いかけようとする冬緒だったが、子河童が涙ぐんでいることに気付き、足を止めた。

「鈴娘さん……悪い妖怪の味方になっちゃった？」

「人間に追われているなんて……鈴娘は何かしてしまったのかぁ？」

父河童からも恐る恐る尋ねられ、冬緒は一瞬言葉を詰まらせた。けれどすぐに安心させるように笑みを見せながら答える。

「時町(ときまち)はホテル櫻葉の立派な従業員だ。悪い妖怪の味方になんてならないよ」

「……うん！」

子河童が元気に頷くと、大きな目からぽろりと涙が零(こぼ)れた。父河童によしよしと頭を撫でられると、抱き着いて啜(すす)り泣き始める。

また今度泊まりに来ると約束をして帰って行く親子を見送り、冬緒は重く溜め息をついた。

泣いてしまうくらい慕われている見初が悪事に手を染めるはずがない。そんなの冬緒だって分かっている。

可能性があるとするなら――。

「碧羅が狙われていると知り、咄嗟(とっさ)に連れ出してしまったのかもしれませんねぇ……」

冬緒が考えていたことをそのまま声に出したのは柳村(やなむら)だった。

「ロビーは他のスタッフに任せて別室まで来てください。ここでは話しづらい内容なので」

「……はい」

場所を誰もいない事務室に移す。

そこで柳村から不穏な情報を知らされた。

「碧羅とともに時町さんを追跡しているという連絡が椿木家から来ていません」

冬緒は眉を顰(ひそ)めた。

椿木家は見初が碧羅に加担していると認識している。であれば、ホテル櫻葉に事実確認をするはずだ。

なのに何の連絡もない。あの河童の子供が目撃していなかったら、今も冬緒たちは何も知らずにいた。

……あまり考えたくはないが、一つの可能性が冬緒の脳裏によぎる。

「このまま内密に、碧羅もろとも時町さんを消してしまおうと目論(もくろ)んでいる可能性があります」

「そんな！　それは……！」

冬緒も考えていたことだ。それを柳村の口から言われてしまい、冬緒は動揺のあまり反射的に声を上げた。だがその続きが浮かばず、悔しげに口を閉ざす。

椿木家と敵対している碧羅は当然としても、見初は人間だ。そんな馬鹿なことをするはずがない。

大事な人が自分の家に追われている。その事実に冬緒が項垂れていると、柳村が再び口を開いた。

「……時町さんは四季神家の人間です。触覚の力に目覚めていることを雪匡様は隠してくださっていますが、碧羅の襲撃の際に時町さんは力を使いました。ですから紅耶様には気付かれているでしょうし、だからこそ手荒な真似はしないはずです」

「そ、そうですよね？　だったら――」

「いや、そうでもねぇぞ」

室内に冷たい風が吹いた途端、羽を生やした緋菊が現れた。

「今のあいつは正直言って碧羅よりやばい」

「やばいって何がだよ」

平常心を保てなくなり、無意識に冬緒の語尾は荒くなっていた。そのことを気にするわけでもなく緋菊はソファーに腰を下ろすと、茶請けの饅頭(まんじゅう)を取って勝手に食べながら話し始めた。

「何かよぉ……あいつの触覚の力、やけに攻撃的になってやがる」

「……！」

思い当たる節はある。ここ最近の見初の様子だ。

「攻撃的、とは？」

思わず息を呑んだ冬緒の代わりに、柳村が続きを促す。

「あの能力は触れた相手の力や心を意のままに操るもんだ。使い方を間違えりゃえらいことになるが、鈴娘はそれをしっかり制御出来ている。ただ、今の状態は何かがおかしい」

そう言って緋菊は饅頭の包装フィルムをゴミ箱に放り投げた。

「触れたもんを攻撃しちまってる。しかもかなりの力でだ。弱い妖怪に触れたら、一瞬で消し飛ぶかもな。例えばここで働いている狸とか狐」

「……それ、時町に言ってないだろうな」

自分の手で仲間たちを消してしまう。そんな話をされたら見初がどれだけ傷付くか。想像に難(かた)くない。

緋菊もそこは分かっていたらしく、「当たり前だろうが」と鋭い声で返された。

「あんな力、私も妹も知らねぇ。何かがきっかけでああなっちまったんだろうが……何か心当たりはあるか？」

「……あるわけないだろ。なあ、以前ひととせ様にやってもらったみたいに、時町の中にある触覚の力を吸い取ってもらえば……」

「私もそう思ってひととせに言ってみたが、無理だとよ。こっそり鈴娘を見てもらった時に首を横に振られた。下手に力を抜こうとすれば、外敵だと見做(みな)されて攻撃されるとさ。そもそも前の時とは状況が違う。あん時は力が増えすぎたからそれを吸い取って解決ってなったが、今回はその力が変質してんだ。ひととせ曰(いわ)く、どうなるかは本人次第だとよ」

「困りましたねぇ。触覚の力がそんなことになっていると知られたら厄介かもしれません」

「利用するために捕まえるか、危険分子として消されるかのどちらかだな」

飄々(ひょうひょう)とした物言いだが、緋菊の声には焦りと動揺の色が滲んでいた。それが事態の深刻さを物語り、冬緒は不安に耐えるように両手を強く握り合わせる。

「一刻も早く時町さんとお会いしたいですが、電源を切っているようで電話が繋がらないのです。恐らく着信音やバイブの音を隠さなければならない状況になっているのでしょう。それに何より碧羅のことが問題です。彼が近くにいる以上、永遠子さんの身の回りの警護を……」

「私は逃げないわよ」

強い意志を感じさせる声だった。ドアの前に永遠子が立っている。

「見初ちゃんが大変なことになっているのに、私一人だけがこそこそ隠れているわけにいかないもの」

「ダメだ。永遠子さんは危ないから安全な場所に避難してくれ。碧羅がいつ永遠子さんを襲ってくるか……！」

「碧羅と一緒に見初ちゃんもいるなら、襲ってくれたほうがありがたいわ」

チャリ、と金属音。永遠子が車のキーを揺らしている。

「こっちから碧羅を探しに行きましょう！」

彼女から放たれる気迫に、冬緒は黙って頷くことしか出来なかった。

◆◆◆

御井(みい)神社。

出雲(いずも)市斐川(ひかわ)町直江(なおえ)にある神社で、祭神として木俣神(このまたかみ)、──別名・御井神(みいのかみ)を祀(まつ)っている。

木俣神は安産、水を司る神とされており、その母である八上姫(やかみひめ)が赤子の木俣神を抱いた石像は温かい印象があるが、どこか哀愁(あいしゅう)も漂わせる。

八上姫は大国主命(おおくにぬしのみこと)の子を身籠(みごも)ったのだが、大国主命には正妻がいたのだ。

ここで女同士の熾烈(しれつ)な戦いが勃発するかと思いきや、八上姫は正妻のために身を引いた。

そして直江の地で三つの井戸の水を産湯として使ったこと、生まれた赤子を木の俣に置いたことが神社や神の名の由来とされる。神話の世界だけあってハードだ。

ちなみに参道の脇には何か可愛いものがいる。

「ぷぅぅぅ～～～」

仲間を見付けて白玉が喜んでいる。

「か、可愛い～……！」

見初も喜んでいる。

ピンクのハートを持つ『撫でうさぎ』がちょこんと座っているのだ。でっぷりとした体格でふてぶてしい表情をしているが、そこが可愛い。

ハートの部分を撫でると安産のご利益があるそうなのだが、何も得られなくても撫でたい。ハートではなくうさぎを。

見初は目を輝かせて手を伸ばそうとして、後ろからぐいっと鞄を引っ張られた。

鬼の形相で碧羅が見初を見上げている。

「何してるんだ、馬鹿娘。あいつらに見付かる前にさっさと裏に隠れるよ」

「あ、ごめん……」

碧羅に言われて急いで御社殿の裏に回り込む。

黒服の陰陽師たちはどうやら追ってきていないようだが、暫くここで息を潜めていたほうがいいだろう。ちょうど雨も止んでくれた。

「で、でもどうにか撒けてよかった～……」

碧羅を抱えたまま逃げていると、偶然ホテルの常連客である妖怪と出会ったのだ。妖怪は状況を瞬時に悟り、入り組んだ道を進みながらここまで案内してくれたのである。

だがこれからどうしようと見初は頭を抱えていた。

あの黒服の集団は恐らく椿木家の陰陽師だ。持っている札に椿の花が描かれていたのが見えた。

今すぐにホテル櫻葉に連絡を入れたかったが、そうなったら碧羅のことも説明しなければならない。永遠子のことを考えると、「碧羅を連れて逃げてます」だなんて言えない。

「……なあ、人間」

碧羅に声をかけられた。と言ってもそっぽを向かれているが。

「どうして私を助けた？　そのせいでお前も追われる羽目になってしまったのに」

「ええと……だって、あのままだとあの人たちに祓（はら）われそうだったから？」

見初の答えを聞いた碧羅が苛立ちを込めて溜め息をついた。

「もう二、三個質問をするぞ。お前、私が櫻葉永遠子に何をしたか忘れたか？」

「そんなの覚えてるよ。永遠子さんを酷い目に遭わせたでしょ」

「じゃあ椿木の本家でしたことは？」

「……とにかく大暴れしてた」

「私は人間の敵だ。そんな妖怪を助ける理由はあるのか？」

視線を合わせないまま、淡々とした声で聞かれて見初は考えた。

体が勝手に動いた——で碧羅が納得してくれるとは思わなかった。

それに見初だって自分の行動に驚いているのだ。我に返ってからも碧羅を見捨てられず、こうして隣にいる。

その理由を自分だって知りたい。

鞄の中で白玉も「ぷぅ……」と悩む素振りをしている。

「だって碧羅、悪い妖怪じゃなさそうだし」

そして出た答えはそれだった。

確かに碧羅はとんでもない妖怪だ。永遠子を攫い、椿木家の陰陽師を傷付けて本家まで襲撃した。そのことを一切謝罪せず逃げて、今度会ったら文句をたくさん言いたいと思っていた。

だが悪事を働く悪い妖怪には感じなかったのだ。以前暴れたのも、櫻葉家に何か恨みがあるらしく、ただ人間が苦しむのを見たいなんて理由ではない。

見初の言葉を聞いた碧羅は面白くなさそうに鼻を鳴らし、目を伏せた。

「私は妖怪で、ほてるなんてものを作ったお前たちが憎らしい。それだけでお前たちにとって邪魔な存在じゃないか」

「ホテル櫻葉を認めないっていうのは悪い意見ではないよ。そういう考えもあると思うから」

ホテル櫻葉があってよかったと思ってくれている者たちはたくさんいる。だからと言って、その反対の思いを否定するのは大きな間違いだ。

けれどホテル櫻葉を、櫻葉家を潰してしまおうとするのを見すごすわけにはいかないが。

「もういい、馬鹿なことを聞いた」

刺のある声音だった。そのまま碧羅はこう続けた。

「お前は自分のことをもっと考えたほうがいいよ」

「それはごもっとも……」

陰陽師たちから逃げないといけないが、ホテル櫻葉も頼れないし巻き込めない。なかなかに大変な状況になっているのではないだろうか。

碧羅だって万全の状態では……。

「そうだ！」

急に声を出した見初に碧羅が猫のように目を見開いた。

「弱っているなら、白玉に元気にしてもらおう！」

「ぷぅぅ！」

鞄から白玉を取り出すと、白玉も「出番ですね」と張り切った顔で前脚をばたつかせている。

碧羅は呆れを込めた眼差しを見初に向け、拒否するように白玉の前に手を出した。

「私が失った霊力の量は膨大だ。それを全部回復させるより、その兎が限界を迎えるほうが先だよ」

「ど、どうしてそんなことになっちゃったの？」

「お前のせいだ。私が椿木の本家を襲った時、お前は本来の姿になった私に触れた。その時に妙な力を使ったせいで私の体から霊力が抜けていったんだよ」

「何かごめん」

「おかげで私は椿木家の陰陽師に見付かっても、ただ逃げることしか出来なかった」

「本当にごめんなさい！」

うっかり触覚の力が発動していたらしい。

しかしあの時は、ああしないと碧羅が退くことはなかっただろう。一応謝ってはおくが、悪いことをしたとは思わないようにする。

「お前だって他人事じゃないぞ。自分の力がおかしくなっていると気付いていないのか？」

「お……おかしくなってる⁉　私の力おかしくなってる⁉」

目を見開きながら両肩を掴まれ、碧羅は面倒臭そうに言った。

「お前の魂を見れば分かるよ。お前の力はひととせとかいう女神の能力と似ていたと思う。だけど私の霊力に触れたせいで変質している」

「変質？」

「私の力の根源は『壊す』ことだ。それに大きく影響したせいで、お前の力もそっち寄りになっているのかも。心当たりはないか？」

ある。

「で、でも私今まで力をたくさん使ってきたけど、こんなふうになったことなんてないよ？」

「私の力が強すぎたせいだな。それにあの時、私は本気でお前たちを殺そうとしていたんだ。殺気立っている時に触れたのが原因だね」

ここ最近の異変の原因が分かったものの、まったく安心出来ない。

「どうしたら元の力に戻るの……？」

「そんなこと私が知るわけない。自分で制御するしかないんじゃないの。失敗したら妖怪だろうが神だろうが簡単に消し去ってしまうだろうけど」

「制御って……」

見初は自分の手に視線を落とした。

制御出来る出来ない以前に、まず能力を使うのが怖い。これまではどうにかなっていたが、もしこの手で妖怪や神を消してしまったら。

咄嗟に白玉を見ると、

「ぷぅ〜」

「白玉……」

甘えるように顔を見初の腕に摺り寄せてきた。

信じている。そう伝えたいのだろう。

白玉の優しさに胸の奥が熱くなるが、見初の不安は拭いきれない。いや、むしろ怖くなった。能力を使って、白玉からの信頼を失ってしまうかもしれないのだ。

「…………」

黙り込む見初へ碧羅が冷めた眼差しを向けている時だった。

「見付けたぞ！　あそこだ、櫻葉のところの女もいる！」

見初も碧羅もはっと声がした方向に目を向ける。先程の陰陽師たちが走って来ていた。

「碧羅、こっち！」

見初は碧羅の手を掴み、陰陽師集団とは反対方向に走り出す。だがその前方にも二、三人の陰陽師が待ち構えていた。

「大人しくしてもらうぞ、女。そうすれば貴様には何もしない」

「碧羅には何かする気じゃないですか！」

見初は碧羅を守るように自分の後ろに匿った。

「当然だ。紅耶様からは生かして屋敷に連れ帰れと命を受けているが、納得がいかない。そんな奴、今ここで祓うべきだ！」

前後から男たちが椿の花が描かれた札と錫杖を手にし、こちらへにじり寄る。

逃げられない。見初が半ば諦めかけていた時だった。

ヒュッと飛来した札が見初、白玉、碧羅の体に貼り付く。椿木家の札。だが陰陽師たちが放ったものではなかった。

「これってもしかして……！」

「な……っ、どこに行った⁉」

「目晦ましの術か⁉　誰が使ったんだ！」

彼らは慌てた様子で周囲を見回し始めた。すぐ側に見初がいることに気付いてもいない。いや、見えていないのだ。

「陰陽師の札？　こんなもの……っ」

「ストップ、剥がしちゃダメ！」

札を剥がそうとする碧羅を制止していると、白玉が一点を見て「ぷぅぷぅ」と小さく鳴き声を上げた。

そこには冬緒が立っており、口をぱくぱくと動かしながら手招きしている。

「碧羅行くよ！」

「お、おい！　また私を持つな！」

碧羅を抱き抱え、冬緒の下へ駆け出す。

「椿木さん！」

「ぷぅ～」

「よかった、時町も白玉も無事だな……」

冬緒が安堵で頬を緩める。が、碧羅と視線が合うと露骨に眉を顰めた。

碧羅も睨み返し、二人の間に険悪な空気が流れる。

「ちょ、ちょ！　お互い言いたいことは分かりますけど、今は逃げないと！」

「分かってる。こっちだ！」

先頭を走る冬緒を追いかけるように、神社の階段を一気に駆け降りる。

すると一台の車が停まっており、見初は足を止めて引き返そうとした。それを止めるように運転席の窓が開く。

「見初ちゃん！」

運転席から永遠子が顔を出して名前を呼ぶ。

「永遠子さんもいる⁉」

「早く乗って！　一旦ここから離れるわよ！」

「あ、あの、でも私だけじゃなくて碧羅もいるんですけど⁉」

永遠子にとって招かれざる乗車客だろう。実際、碧羅を目にすると永遠子は一瞬だが表情を強張らせた。

だが、

「大丈夫、分かってるわ。だから碧羅も乗せてちょうだい！」

「だって。後ろに乗るよ！」

助手席には冬緒、後部座席には見初と碧羅が乗り込む。碧羅は強引に押し込まれるような形で、「やめろ！　降ろせ！」と暴れるも見初に体を押さえられていた。

その間、永遠子はサイドミラーで椿木家の陰陽師がぞろぞろと神社の階段を降りて来るのを確認し、アクセルを踏んだ。

「追いかけるぞ！」

「ま、待て！　車がないぞ！」

「馬鹿な！　この辺りに停めていただろ！　車のキーだってここにあるぞ！」

移動手段を奪われてざわついている間にも、追跡対象を乗せた車はどんどん遠ざかっていく。

バックミラーで後ろの状況を確認しつつ、見初は冬緒に尋ねた。

「椿木さん、あの人たちの車を井戸の中に沈めてきたんですか？」

「そんなの出来るわけないだろ。井戸のサイズ考えろ」

「だって車がなくなっちゃったってパニックになってますよ」

「なくなってない。あいつらの車にも目晦ましの札を貼り付けて見えなくしただけだ」

「一種の手品じゃないですか」

彼らは見初と碧羅が消えたのが札の力だと、すぐに勘付いていたのだ。車消失のトリックにもすぐに気付きそうなものだが、そこまで頭が回らないらしい。

「あの札に込めてある術は、本当なら車とか物には効果がないんだ。それを柳村さんがホテル向けに改造して、効くようにしてある。……札を剥がされたら、すぐ解けるけど」

「あ、だから気付くのに時間がかかってるんだ」

経営のためのアイディアがこんな場面に役に立つとは。

「だけど私たちがここにいるってどうやって分かったんですか？　スマホだって切ってるのに」

「妖怪のみんなが教えてくれたの。見初ちゃんが陰陽師に追いかけられてるのを見て、『早く助けてあげて』って」

「み、みんな……」

その優しさに見初が心を打たれていると、やけに怖い顔をした冬緒が後ろを振り向いた。怒りの炎を宿した双眸が碧羅に睨みを利かせる。

そういえばまだ碧羅が今どんな状態か話していない。見初が口を開こうとするが、冬緒が「お前」と低い声を出すほうが早かった。

「何で時町を巻き込んだんだよ」

「椿木さん、違うんです。私が嫌がる碧羅を強引に連れて逃げ回ってただけなんです」

「そう。私はこいつにあちこち連れ回されていただけだ。お前なんかにどうこう言われたくない」

碧羅の言い分は合っている。なので見初も白玉も首を縦に振ったのだが、冬緒の眉間の皺が増えるだけだった。

「何だよ、その言い方は。だったら自分から離れればよかっただろ。何も関係ない時町まで追われることになったんだぞ」

「椿木さん、ちょっと落ち着いて」

「逃げるなら一人で逃げてくれよ！　お前がどうなっても俺は――」

「椿木さん、椿木さん！」

見初に何度も名前を呼ばれ、冬緒は言葉を止めると、はぁー……と深く息を吐いた。

その姿に見初は言葉を失う。確かに冬緒にとっても碧羅は、自分の一族を襲った妖怪だ。

それにしても、やけに苛立っているように見える。本家が襲われた時はもう少し平静だった気がするのだが。

碧羅本人も探るような目付きで、冬緒をじっと見据えている。

「何だ。お前、そんなにこの人間が大事なのか？」

「……そうだよ」

一拍置いてから、冬緒は様々な感情を抑えたような声で答えた。そして苦しげな表情を見せながら前を向く。

「お前なんかには分からないだろ。大切な人が自分の家に狙われてるのがどれだけ辛いかなんて……」

掠れていて、心細そうな声だった。見初がサイドミラーを見ると、冬緒は俯いていた。

見初は口を開きかけて、けれど彼にかける言葉が思い付かず結局閉じてしまった。

ホテル櫻葉の都合や迷惑になることばかり考えていた。だが自分も心配されているともっと考えるべきだったと思い知らされる。

「……大切な人か」

暫しの沈黙のあと、碧羅が言葉を零した。

「私を助けるような馬鹿なお人好しだ。だから誰かにとっての大切な人になるだろうな」

「馬鹿は余計なのでは？」

見初はむっと言い返した。

「……いかにも姉上が好みそうな人間だな」

碧羅は見初を一瞥することもなく、硝子越しに広がる平淡な景色を眺めていた。その横顔は寂しそうで、けれど『姉上』の記憶を懐かしんでいるようだった。

「その人間たちのせいで姉上は死んだ」

短い言葉の中に込められた憎悪を感じて、見初は身震いを起こした。

「……そのことだけど」

おもむろに永遠子が口を開く。

「あなた、どうして私を襲おうとしないの？　こんなに近くにいるのに……」

そうなることを覚悟して、車に乗せたのだろう。ところが何も行動を起こそうとしない碧羅に困惑しているようだ。

すると碧羅はきっと険しい顔で見初を見ながら答えた。

「こいつのせいでこうなってるんだよ」

「私だって好きで弱らせたわけじゃありませんので～……」

「え？　み、見初ちゃんが関係しているの？」

とても関係している。ただし、あくまでも不可抗力なのだけれど。

「つまりそいつの自業自得ってことだろ」

見初から事情を聞き終えた冬緒の第一声はそれだった。

確かにそうとも言える。当然その見解を不服に感じた碧羅は、苛立ったような舌打ちを響かせた。

「それに時町の力がおかしくなったのも碧羅のせいだったっていうのが……はぁ」

「すみません。何か危なくなってるなーって自分でも分かってはいたんですけど、言い出せなくて」

「時町は謝るなよ。俺や緋菊さんも何かおかしいことは気付いていたんだ。……ただ椿木家にその力を知られたら、絶対まずいことになるぞ」

「まずいことになりますか」

「なる」

即答されて見初は遠い目をした。そんな状態の時に、こんな事態になってしまうとは。

能力そのものも怖いが、椿木家だって怖い。

「自分の家も止めることが出来ないんだね、お前」

先程の冬緒に対する意趣返(いしゅがえ)しとばかりに、碧羅が痛いところを突く。その威力に、冬緒は何も言い返せずにいた。

「だけど困ったわね。碧羅は思うように動けないし、見初ちゃんも守らなきゃいけないし……」

「余計なことをするな」

碧羅の怒気がぶわりと膨れ上がった。

「どうしてお前まで私を助けようとする？　私は今だってお前が憎くて憎くて――」

「あなたにどう思われようと、私はあなたに消えて欲しくないの。雲居（くもい）と同じようにあなたも私の友達だもの」

「私はお前の友じゃない！」

碧羅が永遠子に飛びかかろうとするので、見初は「こら！」と羽交い締めにした。運転中は本当に止めて欲しい。

「お前が、お前なんかが私と姉上を友達だなんて言うな……！」

「……ごめんなさい。でも本心よ。あなたにはホテル櫻葉を傷付けて欲しくないけど、同じくらいあなたにも傷付かないで欲しいの」

これだけ激しい怒気と憎悪と――殺気をぶつけられているのに、永遠子に怯える様子はない。それらの負の感情を躊躇（ためら）いもなく、一心に受け止めている。

それに、碧羅も辛そうに顔を歪めていた。永遠子を憎むことに心を痛めているかのように。

そんな二人を見ていられず、見初は「あ、あの！」とわざとらしく声を張り上げた。

「その雲居さんって……どんな妖怪だったんですか？」

椿木家の当主、椿木紅耶から少しだけなら聞かされている。

ホテル櫻葉の常連客だった妖怪で、永遠子の祖母でありホテルの創設者である悠乃とも交流があった。そのせいで櫻葉家を快く思わない妖怪たちの手にかかったのだという。

ただ見初は雲居のことをよく知る永遠子と碧羅から、彼女について話が聞きたかった。

そうでなければ、二人が抱える苦悩を理解してはいけない気がしたから。

「……私が言うのも何だけど、変わった妖怪だったな」

見初の下から声が聞こえた。意外にもすんなりと口を開いてくれた碧羅のものだ。

「私と同じ龍の姿を持つ妖怪で、人間と関わるのを楽しんでいた。人間が大好きだ、面白いが口癖でさ。特に陰陽師の名家なのに馬鹿な人間を気に入って、肩入れするようになった」

「馬鹿な人間……？」

見初が首を傾げると、碧羅はせせら笑った。

「人間だけじゃなく、妖怪も幽霊も神も泊まることの出来る宿を作った女だよ」

「……それってまさか」

「櫻葉悠乃。私は櫻葉家と関わるのを止めるよう、姉上に何度も口を酸っぱくして言ったんだ。なのに『私たちの在り方を変えてくれるかもしれない』って言い切っていたよ。私の忠告にもっとしっかり耳を傾けていれば、あんな酷い死に方はしなかったのに」

「……そうね。櫻葉家の味方をしていなかったら、雲居は同じ妖怪に殺されていなかったわ」

碧羅の言葉を継ぐように、永遠子は静かに言った。

「まだ私が小さい頃、ホテル櫻葉は潰れそうになっていたの。経営不振とかじゃなくて、ホテルの存在そのものを否定する声が多かったから。椿木家がその筆頭だったけれど、他にもいくつかの陰陽師の家から廃業を迫られたって聞いているわ」

前に冬緒や雪匡が話していたことだろう。

業績など関係なく、経営理念そのものを真っ向から否定されていたのだ。祖母が作ったホテル櫻葉を誰よりも愛していた永遠子にとって、一番辛い時期だったのかもしれない。

「そんなことだから櫻葉家だけじゃなくて、ホテルもピリピリしてたの。こんな時期に人が妖怪のお客様に襲われて怪我でもさせられたら、それが問題視されて本当に廃業に追い込まれるかもしれないって」

信号に捕まった車が止まり、見初は視線を足元に下ろした。見慣れているはずの信号の赤いランプが、禍々(まがまが)しく感じるのは、重苦しい話を聞いているからだろうか。

「そんな時、私がホテルに泊まっていた妖怪のお客様に襲われたの。今でも覚えてるわ。寮にお泊まりした夜、こっそりホテルに忍び込んで妖怪たちに遊んでもらおうと思ったんだっけ。そうしたら怖い顔をした妖怪たちがいて……雲居が私を守ってくれたの」

見初が視線を上げると、ハンドルを強く握り締める永遠子の手が目に留まった。

「雲居はたった一人で妖怪たちと戦って追い払ってくれて、でも私も大怪我を負った。一命は取り留めて病室で目を覚ました時……雲居が死んじゃったっておばあちゃんから聞かされたわ」

「それは……でも永遠子さんのせいじゃないです！　悪いのは永遠子さんを襲った妖怪で、永遠子さんだって怪我させられてるじゃないですか」

「…………」

永遠子から言葉が返されることはなかった。

「永遠子さん……？」

永遠子の名前を呼んだのは冬緒だった。

信号が青に変わり、車を走らせる彼女の横顔からは血の気が引いていたのだ。

車内に沈黙が続き、車のエンジン音ばかりが耳に入る。

「……問題はここから。人間が妖怪のお客様に襲われる。しかもよりにもよって子供の私。櫻葉家にとって一番恐れていた事態が起きてしまって大きな騒ぎになったわ。私は一時意識不明になるくらいの重体。こんなことが知られたら、反対派の声は大きくなって間違いなくホテル櫻葉は廃業に追い込まれる。だから……」

「そのことを隠した」

冷ややかな碧羅の声に、見初は体を微かに震わせた。

自分からねだったくせに、これ以上話を聞きたくないと思ってしまう。大切な場所であるはずのホテル櫻葉の、知ってはいけない一面から目を背けたくて。

「櫻葉家はお前を襲った妖怪がほてるに泊まった客じゃなくて、櫻葉家を敵視している奴だったって嘘をついたんだ。ほてるを守るためだけに。そして姉上の存在自体をなかったことにした」

「……本当なのか、永遠子さん」

動揺を抑えつつ、冬緒が尋ねる。彼もこのことは知らなかったようだ。

見初は絶句していた。

永遠子が襲われ、雲居が永遠子を守るために命を落としたのはどちらにせよ同じだ。だがその妖怪が客か、そうじゃないかだけで話は大分変わる。

「うん、本当。私は暫く入院していたけど、それも怪我じゃなくて病気が原因ってことにされたし、雲居の話もしちゃダメって言い付けられたの。そのあと、隠蔽に関わった人は、おばあちゃん以外は全員責任を感じてホテルから去ってしまったけど」

「永遠子さんはそれで……よかったんですか？」

「だって私が本当のことを言ってしまったら、ホテル櫻葉がなくなっちゃうもの。そうなったらお客様たちが困ってしまう。そんなの、私は嫌だった……」

昔ホテル櫻葉に泊まりにきた妖怪たちが、悪戯(いたずら)で人間を驚かせていたことは知っている。そのせいで人間の客の足が途絶え、経営不振に陥(おちい)った件も。

だがそれら以上に大きな事件が起きていた。

何もかも知りつつも、永遠子はホテル櫻葉を愛し続け、守り続けてきたのだろう。今も昔も。

そのことでホテル櫻葉は救われた。

そして救われなかったものもある。……碧羅の心だ。

「……姉上は悠乃に頼まれて、永遠子を常に守っていたんだ。それでいざ妖怪に襲われた時に戦った。一人でだ。ほてるには陰陽師が何人か働いていたはずなのに、そいつらは誰も来なかったから、姉上は一人で戦っていた。その時の様子を見ていた妖怪が私にそう教えてくれたよ。姉上を見捨てて、他の客を避難させてたんだ……！」

怒り、憎しみ、悲しみ、そして悔しさが呻くような声に宿っていた。

どうして碧羅がここまで櫻葉家を恨むのか、見初はようやく知ることが出来た。

確かにホテル櫻葉で働いている者たちとしては、客の安全が最優先だっただろう。正しいと言えるし、永遠子以外の被害者は出なかった。だがそれは雲居の犠牲の上に成り立っている。

碧羅からすれば雲居は人間のために手を貸したのに、最後は人間に見捨てられて妖怪に殺された。いや人間に命を奪われたも同然だ。

憎むしかなかった。そんなことをしたところで、姉はもう帰って来ないのだとしても。

「櫻葉家がしたことは決して許されることじゃないわ。あなたが私たちを憎むことに間違いなんてない。だけど、狙うなら私だけにして」

「……何を偉そうに」

姉を失って碧羅は全ての陰陽師を、人間を憎むようになった。仕方のないことだ。

見初だって大切な人が誰かのために命を懸けて、けれど誰にも助けてもらえずに命を落としたら、その原因を憎み、一生許さないだろう。

だが永遠子にその憎しみをぶつけて欲しくなかった。

永遠子も雲居と同じ犠牲者だ。ホテル櫻葉を守るために罪を背負ったのだ。まだ幼くて、大人たちの話を全て理解出来なかったろうに。

そしてそのことを誰にも言えず、ずっと苦しみ続けてきた。

たとえ碧羅が永遠子を許せないとしても、そのことは分かってもらいたい。

……いや、心のどこかでは分かっているのかもしれない。永遠子を憎み続ける意味なんてないと。だから椿木家の陰陽師には攻撃出来ても、永遠子は傷付けられないのでは。

そんな推測をしつつ碧羅を見れば、彼はその視線から逃げるように顔を背けてしまった。

◆◆◆

ホテル櫻葉に戻るのかと思いきや、車は見知らぬ山道へと入っていった。見初が「え？」と周囲をきょろきょろ見回していると、永遠子が目的地を教えてくれた。

「この先に櫻葉家と交流のある家があるわ。まずはそこに避難して、これからの作戦を練って……」

「引き返せ」

永遠子の声に被せるように碧羅が言った。

「引き返せって……どうしたの碧羅。難しい顔してるけど」

見初は不思議そうに尋ねた。難しい顔はずっとしているのだが、目付きが違う。

「分からないのか？　あいつらが来てるよ」

「……っ！」

詳しく聞かず、永遠子が慌ててUターンして元来た道を引き返そうとする。

それを阻止するようにバンッ！　と車のフロントガラスに白い着物姿の人が貼り付く。

「ぎゃーっ！」

「ぷぅーっ！」

見初と白玉がほぼ同時に悲鳴を上げた。

「椿木家の式神……！」

永遠子がブレーキを踏むと、車は引き攣った音を立てて停止した。その反動で車体が大きく揺れる。

「ぷぅぅ！」

「し、白玉ー！」

鞄から抜け出てしまった白玉が後部座席でころころ転がる。碧羅が煩わしそうに白玉を掴んで見初に押し付けた。

「邪魔！」

「あ、ありがと……」

救出された白玉は「ぷぅぅん〜」と目を回していた。

「くそ……っ、事故起こさせる気か！」

窓から腕を出した冬緒が式神に札を投げ付ける。

式神はフロントガラスから離れ、体を捩らせながら消え去った。

「冬ちゃんありがとう！　早くここから逃げないと……」

永遠子はアクセルを踏もうとしたが、その動きは途中で止まった。

車の周囲を黒服の陰陽師と、車に貼り付いていたものと同じ式神が包囲していたのだ。

「さあ、碧羅と時町見初を引き渡してもらいますよ、櫻葉様」

車の正面に立つ男が車内の見初と碧羅をじっと見据える。その目は冷淡な光を宿しており、見初は息を呑んだ。

「……やっぱりこうなっちゃったわね」

溜め息のあとに呟いたのは永遠子だった。見初たちに何も言わないままシートベルトを外している。

「待て永遠子さ……！」

冬緒の制止を聞かず、永遠子はドアを開けて外に出て行ってしまう。

「……？」

その姿を碧羅は怪訝そうに見ていた。

「あなたがこの人たちを纏めているのよね？」

「はい。外峯と申します」

「外峯さん、碧羅と時町見初さんはあなたたちに渡せない」

はっきりとした口調だった。まさかこの場で引き渡しを拒否すると思っていなかったのか、外峯を含めた陰陽師の顔に険相の色が浮かぶ。

「私は碧羅ともっと話がしたいと思っているの。確かに碧羅があなたたちを襲ったのはいけないことだけど、彼の言葉を満足に聞かないまま祓うのは間違ってるわ。そう思ったから、私が時町さんに『碧羅を連れて逃げて』って指示したの」

それを聞いていた見初はぎょっとした。永遠子は碧羅を守るだけではなく、見初に責任が及ばないようにしているのだ。

「つまり、私たちがここまで苦労する羽目になったのはあなたのせいであると……そう仰るのですね。櫻葉様」

外峯が目を細めると、側にいた式神が素早く回り込んで永遠子を地面に押さえ付けた。

「やめろ！」

冬緒も車から降りようとする。だがすぐ後ろからドアが開く音がして、反射的に振り返った。

「時町、お前は中に残って……」

「の、残ってます」

車から降りたと思われた見初がまだ乗っていたことに、冬緒は目を見張った。白玉も見初の膝の上で鼻をぴすぴすさせている。

ということは今の音は……。

「ぎゃっ！」

永遠子にのしかかっていた式神が短い悲鳴を上げて煙のように霧散する。他の式神も数体ほど、苦しむ素振りをしてから消滅した。

車から飛び出した碧羅が右手を水平に振った直後の出来事だった。陰陽師たちは焦りの表情を浮かべた——が、碧羅はすぐにその場に膝をつき、息を乱し始めた。

「はぁ、はぁ……っ！」

「碧羅……？」

永遠子が困惑しながら呼びかけるのと同時に、再び召喚された数体の式神が碧羅に迫る。

「……私に近付くな！」

碧羅が怒気を込めて叫ぶと、彼から吹き荒れた風が式神を吹き飛ばした。

しかしそれで今ある力を使い果たしたのだろう。倒れ込んでしまう。

「……櫻葉家の人間を守ろうとしたか。そのくらいの力があれば彼女を囮にして、この場から逃げることも出来ただろうに」

外峯は苦しむ碧羅を見下ろし、冷めた口調で吐き捨てた。

「貴様は椿木家にとっての怨敵だ。早急に祓う必要がある」

「うるさい！　私を祓う前にお前たちを……！」

「それにあの件で騒がれるのは都合が悪い。櫻葉様が余計なことを知ったらどうする」

「……？」

「さらばだ」

違和感を覚える碧羅に外峯が錫杖を振り下ろす。

しゃらん、と軽やかな金属音。

だが黄金色のそれが碧羅に届くことはなかった。永遠子が外峯を突き飛ばしていたのだ。

驚愕で目を見開く外峯に、永遠子は声を荒らげた。

「碧羅を祓うなんて絶対にさせないわよ！」

「く……っ、櫻葉様を押さえておけ！」

外峯の命令に、式神が永遠子を捕らえるべく両手を伸ばして迫る。

「永遠子さん！　うわっ」

「椿木冬緒！　分家の分際で邪魔をするならお前もただでは済まさないぞ！」

外に出た冬緒が目晦ましの術の札を永遠子に投げようとするが、陰陽師に数人がかりで取り押さえられようとしている。

その様子を木の陰から見初は眺めていた。

「な、何とかしなくちゃ……」

「ぷぅ……」

永遠子たちに彼らの意識が向いている隙を狙い、ここまで逃げたはいいものの、次の行動がまだ決まっていない。

一人逃げてホテル櫻葉に助けを求めることだって考えた。少なくとも人間の永遠子と冬緒はある程度の安全は保証されるはず。一時退却しても、まだどうにかなる。

だけど一方的に妖怪を祓おうとし、自分たちを捕まえようとする彼らから逃げるなんて悔しい。

それに碧羅は衰弱しながらも永遠子を守ってくれた。そこにどんな理由があったとしても、そんな彼を見捨てたくはない。

「…………」

見初は自分の手に視線を移した。

どんどん湧いて出てくる式神相手なら、触覚の力でどうにか出来るかもしれない。

「ぷぅぅ……」

白玉が心配そうに鳴き声を漏らす。見初の手が小刻みに震えているからだ。

使いたくない。能力を扱いきれず、白玉や碧羅にも危害を加えてしまうかもしれないのだ。

それでも。

「……何とかなる。というより何とかしないと！」

白玉を地面の上に下ろし、見初は永遠子を追いかける式神を追いかけ始めた。

「待て待てー！　うちの永遠子さんを追いかけ回すのはやめなさーい！」

「!?」

追うだけでなく、追われる側にもなった式神が狼狽える。

しかし陰陽師の「小娘に怯えるな！」という叱責を聞くと、はっと我に返り——永遠子を追う速度を速めた。

「きゃあああっ、速くなってる⁉」

驚いた永遠子の逃げ足も速くなる。

「そこは私に向かってくるパターンでは⁉」

触覚の力は触れないと発動しない。逃げられるのが一番厄介なのだ。

ええい、この。焦れったさにイライラする見初。そんな彼女を救ったのは白い相棒だった。

「ぷぅ」

永遠子を追う式神の前に颯爽と現れる白玉。

「ぷぅっ！」

白玉の強烈な前脚キックが式神に命中する。ぐらりと後ろに倒れ込む白い体に、ようやく追い付いた見初の手が触れる。

辺り一面を翡翠色の光が包み込む。やはり今までの触覚の力とは違う。

「……‼　……‼」

見初に掴まれている式神がじたばたと暴れ出す。言葉は喋らないが、相当苦しそうなのが分かる。

「う、うぅ……！」

見初も苦悶の表情を見せていた。意識して使ってみると、この力が過剰なものだとよく分かる。体の奥から強大な何かが溢れ出す感覚。まるで蛇口を最大まで回した水道だ。式神の体がうっすらと透けて消えてゆく。見初の意思とは関係なく、触覚の力が式神を消し去ろうとしているのだ。

そんなこと、させない。ここで消してしまったら、もっと自分の力が恐ろしくなって二度と使えなくなる。

「落ち着いて……落ち着かないと……」

大きな岩が坂から転がり落ちるのを防ぐことをイメージしながら、ぶつぶつと呟き続ける。

それでも体が透けるのが止まらず、式神の姿が見えなくなりそうになり、見初は半ば自棄(やけ)になりながら声を張り上げた。

「消しちゃダメ‼　でも式神から力は吸い取って‼」

その途端、光が消える。式神は……消えることなく、けれどぐったりとした様子で動かなくなっていた。

見初は式神を掴んだまま、呆けた声で「や、やったぁ……」と呟いた。

どうにか自分の意思で力を抑えられた。まぐれに近いが、出来たことに変わりはない。

達成感がじわじわと胸の中に広がっていき、勝手に口元が緩んだ時だ。

「おめでとう、お姫様」

耳元で『少女』が囁(ささや)く声がした。

間髪を容れず振り向けば、緑色の髪と七色の瞳を持つ少女が見初の傍らに浮かんでいた。

「ひととせ様！　来てくれたんですね」

「うん、ちょっとおかしくなっちゃった私の力をちゃんと制御出来るようになったね。えらいえらい」

「はい、やりました！」

触覚の力の元祖に褒(ほ)められ、見初も笑顔になる。

「あの女……何と話している？」

訝(いぶか)しげな外峯に気付き、再度ひととせに視線を向けると「今、私が見えるのはあなただけだよ」と疑問に答えてくれた。心なしか、拗(す)ねた様子で。

「だってお姫様を捕まえようとしたあんな奴らに、姿見られたくないもん」

「あ、なるほど～……」

「というわけで、あいつらもやっつけちゃおうね」

「で、出来ますか？　あんなにたくさんいるんですけど……」

人間に触覚の力を使うのは抵抗がある。それに向こうのほうが数が多いのだ。物理的に敵うとは思えない。

「ほらほら、この子にやってもらえばいいんだよ」

そう言ってひととせが指を差したのはぐったり中の式神だった。

見初もこくんと頷いて、式神に触れたまま強く念じてみる。「あなたを召喚したご主人様をどうにかして」と。

直後、式神が元気を取り戻したかのように物凄い速さで一人の陰陽師の下に向かって行った。

「や、やめろ、来るな！　私はお前のしゅじ……」

声は最後まで続かなかった。式神から平手打ちを受けたのである。バチンッと乾いた音とともに陰陽師は倒れ、そのまま動かなくなった。呻き声を漏らしているので、死んではいないようだ。

仲間が自分の式神にやられたことにより、陰陽師たちの間に動揺が広がる。

その間に見初は式神たちに触りまくり、陰陽師を襲うように念を送っていく。

謀反（むほん）作戦の効果は絶大だ。

「ぐあっ！」

「うわぁっ！　な、何で俺の命令を聞かない⁉」

「これ以上式神を出すな！　あの女に触られると、こっちを攻撃するようになるぞ！」

式神に頼るのはまずいと気付いても時既に遅し。それまでに呼び出していた式神たちは、陰陽師たちを敵と見做すようになっていった。

「ぷぅっ、ぷぅっ！」

白玉がタックルで式神を次々と見初に差し出しているのも要因である。

そしてさらに正気を保っている式神も、冬緒が放った札によって次々と消えているのだ。

そんなはずはないと外峯は冬緒に目を見張る。

あれは分家の人間で、自分たちは本家に仕える身。あんな雑魚に式神を消されるなんて馬鹿な話が……あった。

「……やってくれる」

数分後。外峯以外の陰陽師は倒れているか、戦線離脱に追い込まれていた。想定外の事態に外峯は苦々しく口元を歪める。

たかが若者三人と、弱った妖怪。そのうちの一人は同家の者だが、容易くねじ伏せられると思っていたのだ。

それがたった一人のせいで。

「はぁー……が、頑張った！」

形勢逆転。こんなに何度も能力を使うなんて初めてで、疲労感が全身にのしかかる。軽く目眩もする。

それでも椿木家の陰陽師集団を圧倒することが出来て、見初は勝利の笑みを見せた。

こんな小娘に。外峯の顔はそう言いたげに歪み、さらに碧羅の姿がないことに気付く。

「逃がしたか……！」

「ごめんなさい、あなたたちがわちゃわちゃしている時に逃がしちゃった」

接客専用スマイルで永遠子が事後報告する。それで外峯がすんなり引き下がるはずもなかった。

「櫻葉様、何をしたのか分かっていますか？　あの碧羅を見逃すなどと……」

スーツのポケットでスマートフォンが震えていると気付き、外峯は通話ボタンを押した。

「外峯です。今私用で……な、何故そのことを？　いえ、そのようなことはありません。これには深いわけがありまして……！」

相手は外峯より立場が上の人間のようだ。叱責されているのか、外峯の声に焦りと怯えが滲んでいる。

やがて通話ボタンを切ると、永遠子を睨みながら「……呼び出しがかかりました」と忌々しげに告げた。

「ご当主からの指示です。従うしかない」

「……紅耶様からの？」

冬緒が不思議そうに反応した。外峯はそれに言葉を返さず、見初に目を向けた。

「時町様、式神にかけている術を解いてください。このままでは部下たちを連れ帰ることが出来ない」

「術ではないんですけど……うーん……」

元通りにすることを考えていなかった。

とりあえず「元に戻れ～、戻れ～」と何度か心の中で唱えてみる。ひととせが「放っておこう」と言いたそうにしているが、外峯たちにはもう戦意はないのだ。

「お姫様がもう一度触らないと、すぐには戻らないよ」

すぐにはということは、時間が経てば自然に戻るのだろう。ただ呼び出しがかかっているから早くしたほうが……と思っていると、冬緒が口を開いた。

「いい。もう行くぞ時町」

「でもこの人たちをそのままにしておくのは……」

「今自由にさせたら、また襲ってくるかもしれない。今の電話だって演技だったらどうするんだ」

容赦ない。ただ冬緒の言葉を否定する材料もなかった。

「いえ、電話は本物でしたよ。ですが椿木君の判断は正しいと言えるでしょう」

この声は。全員が向けた視線の先にいたのは柳村だった。

特に外峯たちが驚愕の反応を見せる中、柳村は見初に頭を下げた。

「助けに入らず、申し訳ありませんでした。私も助太刀に入りたかったのですが、様子を見ていろと止められてしまいまして」

「止められたって……誰にですか?」

「……その方に会いに行きましょう。永遠子さん、車に乗って、この先にある家に向かってください」

「え? で、でも、この人たちがこれ以上何もして来ないなら、あそこに行く理由もないわよ?」

柳村に言われて永遠子はきょとんとした。

「まあまあ。そこで皆さんをお待ちしていますので」

……と柳村が言うのなら従うしかない。

永遠子が運転席に、冬緒が助手席に座って柳村は後部座席に座った。見初も柳村の隣に乗り込もうとしていると、

「あの人たち、そろそろダメになるかも」

ひととせが哀れむような、呆れたような口調で呟いた。

見初が驚いてひととせのほうを向くと、彼女は「ううん」と首を横に振った。

「これからもっと大変なことになると思うけど、負けないでね」

そう言い残して、小さな女神は白い光に包まれて姿を消した。

◆◆◆

山道を登り切ると小さな民家があった。

永遠子曰くここの家主は元陰陽師で、現在は家庭菜園を楽しみながらここでひっそり暮らしているという。

その説明の通り、広い庭では様々な植物が育っているようだった。小学生の頃、夏休みの課題で育てていた朝顔を枯らしたことを見初は思い出した。

ちょうど手入れをしている最中だったのか、誰かが庭園の中にいた。

「な、なあ……あの人って」

「そう、よね……？」

前二人がざわついている。

何だろう、この空気感。見初は身を乗り出してその人物を目視して首を傾げた。

柳村と同じような白髪の男性なのだが、どこかで見たことがあるような……。

「おや、時町さん。一度お会いしただけなのに、記憶に残っているのですね」

首を傾げている見初に柳村が声をかける。まあ、仕事柄人の顔や名前を覚える力が身に付いたわけだが、何となくホテル以外の場所で会った気がするのだ。

「あの方は椿木紅耶様です」

柳村の言葉であやふやだった記憶がはっきりと形を成す。

そう、椿木家の当主だ。見初はようやく思い出してすっきりして、

「何でそんなすごい人がこんなところにいるんですか？」

大きな疑問に瞬きを繰り返した。

「この家の住人とは旧知の仲でね。たまに遊びに来ているのだよ。彼は今、買い物に出かけている最中で、私が留守番をしていたというわけだ」

居間に集められ、柳村が全員分淹れてくれたお茶を飲みながら、見初はこの状況を何とか受け入れようとしていた。

ちなみに冬緒は顔が真っ青になっているし、永遠子も頬が引き攣っている。陰陽師でも最大勢力とされる椿木家のトップが目の前にいる。そういうことに疎い見初ですら緊張しているのだから、二人の心の中は大変なことになっているだろう。

「柳村から連絡を受けた時は驚いたよ。まさか外峯たちがそんな愚行を働いているとは」

「えっ？　時町さんの捕獲は、紅耶様がご指示されたことではなかったのですか？　碧羅を祓おうとしたことに関しては、外峯さんたちの独断と聞いていますが……」

永遠子が困惑しつつ問いかけると、紅耶は首を横に振った。

「いいえ櫻葉様。私も碧羅には色々と話を聞きたいと考えております。それに碧羅を庇（かば）い立てした者たちの処遇も決定していなかった」

……裏を返せば、決定されていれば一般人にも手を出す。そういった意思が言外に感じられ、見初は恐怖を覚えた。

「外峯は椿木家の未来だけを考えている男ですからね。それゆえ椿木に背く者はすぐに敵と決めつける癖がついてしまったのです」

考え方が過激すぎる。そんなものを癖で済ませないで欲しいと見初が嘆息（たんそく）していると、冬緒が恐る恐る口を開いた。

「あ、あの……我々は独断で碧羅を逃がしました。そのことに関しては……」

「君たちをどうこう言うつもりはないよ、冬緒。あのまま外峯に碧羅を捕らえさせていたら問答無用に祓っていただろう。その件については礼を言おう。……それに一度ここまで追い詰めることが出来た。同じような機会はいつか訪れる」

随分と寛容な考えだ。見初たちにとっては助かることなのだが。

しかし紅耶は見初を見るとこう告げた。

「私としてはむしろ、こちらのお嬢さんを早急にどうにかすべきだと思う」

「私……ですか？」

「君は四季神の人間で、触覚の能力にも目覚めているね？」

見初は無言で頷いた。紅耶はすっと目を細める。口調こそ穏やかだが、値踏みするような眼差しは見初の居心地を悪くさせた。

「四季神の力はとても便利だ。どんな妖怪にも神にも通用する禁じ手のようなもの。私の知るそれとは多少変質しているようだが、その根本は変わっていない。むしろ使い勝手がよくなったと言ってもいい。式神の思考を奪い、自らの手足として動かす手法も素晴らしいが、何より触れただけで消滅させることが出来るとは……能力の精度を上げれば、用途の幅はさらに広がる」

淡々とした、温度を感じさせない声。見初の顔に敵意の色が浮かんでも、まったく気に留めようともしない。

触覚の力以外見初には何の興味も関心もない。その力のせいで悩んだり怯えていたりしたことも、きっと彼にしてみればどうでもいい話だろう。

「……その反面、何が起こるか分からない要素が多すぎる。故に私は君を碧羅以上に危険な存在だと考えている」

「それはその……能力はちゃんと制御出来ています。力を暴走させて関係のない妖怪たちを巻き込むようなことだってしません」

「お嬢さん、私が懸念しているのは心の暴走だよ。強大な力を持てば、それに溺れるのが人間の性（さが）。人ではないものを使役し、人間社会に脅威を及ぼすことも有り得ない話ではない。先程の式神たちのように操らなくても、思い通りにさせる方法はいくらでもある。君ならば」

「………」

見初は言葉を失った。

紅耶に自分がそう思われていることに対してではない。それを可能にする力が自分にはある。

そして、何かのきっかけで本当にそうなるかもしれない。そんな未来に不安を覚えたのだ。

反論せずにいる見初に笑みを深くしながら紅耶が結論に入る。

「今話したことはあくまで可能性の一つだ。しかし可能性がゼロとも言い切れない。そこで時町さん。君の身柄を椿木家で預かりたいのだが、どうだろうか？　君がその力に呑まれぬよう私たちがサポートしよう。その見返りとして君にも、私たちに協力してもらいたいが……」

紅耶の提案に見初は目を伏せて、膝の上に置いた手を握り締めた。

答えはすぐに出ていた。けれど言葉にすることで、冬緒たちがどんな反応をするのか、知るのが恐ろしかった。

「わ、私は……」

冬緒だった。今まで委縮していたのが嘘のように、まっすぐ紅耶を見据えている。

「私は能力に目覚めてからの時町見初を見続けてきましたが、これまでに私欲で能力を使ったことは一度もありません。紅耶様がご心配されているようなことにはならないはずです」

「……それは今のところは、という話ではないのかね？　君の知るお嬢さんがいつ変わってしまうのかも分からないのだよ」

「万が一彼女が自身の力を過信して暴走するようなことがあれば、その時は私が止めます」

「もし止めきれず、人間に危害が及んだらどうする気かな？」

「その時は時町見初ではなく、私に厳罰を科してください」

一切の淀みもなく静かな、けれど凛とした声音に紅耶は探るような目付きをした。

「冬緒、そうなれば君はホテル櫻葉から去ることになるよ」

「分かっています」

「この先、まともな人生も送れなくなる」

「承知しています」

紅耶の言葉は決して脅しではないだろう。彼の刃物のような鋭利な眼差しがそれを物語る。

だが冬緒も一歩たりとも引こうとしない。自分自身を犠牲にする覚悟で見初も、触覚の力も守ろうとしている。

背筋をぴんと伸ばし、前を見続ける冬緒の横顔に見初は胸の奥に熱が灯るのを感じた。ひんやりと冷たかったその場所がじわじわと温かくなる。

この先、見初が力を悪用しないなんて言い切れる根拠もない。けれど、見初を強く信じてくれている。ホテル櫻葉に居てもいいのだと思わせてくれる。

冬緒の強さと優しさに勇気が湧いてくる。

「紅耶様、私は椿木家に行くつもりはありません」

先程は緊張と恐怖で喉につかえていた声が、今はするりと転がり出た。

紅耶の顔に苦笑が浮かぶ。

「君が何かやらかせば、その責任を冬緒がとると言っている。そんな覚悟をさせてまで、私の申し出を断るつもりか？」

「心配してくれるお気持ちはありがたいですが、私は世界征服なんてしないで、平和に今の仕事を頑張っていきたいんです。紅耶様が考えているようなことにはなりません」

「おや、その自信はどこから来るのだね？」

紅耶の問いかけに見初は冬緒のほうにくるりと向いて、

「私の一番大切な人が体を張ろうとしているんです。その人を守るためにも、弱気になんてなっていられません」

見初の発言に永遠子と白玉がぽかんと口を開く。冬緒の口からは「へ……？」と蚊の鳴くような声が漏れたが、見初は何事もなかったかのように紅耶に向き直った。

「というわけです。ご納得いただけたでしょうか」

「そうか……そうか。面白い人間が力を持ったものだ。こんなに愉快な気持ちになったのは『あの時』以来だ……」

紅耶は暫し肩を揺らして笑っていたかと思うと立ち上がり、永遠子を見下ろした。

「櫻葉様。そろそろ家主が帰ってくる頃なので、私はこれで失礼いたします。それと冬緒、先程言ったことはしっかりと守ってもらおう」

「は、はい……」

そう返事をする冬緒の声は裏返っていた。今、彼の心中はとんでもないことになっていて、それどころではなかった。

「紅耶様」

居間を出ようとした紅耶を柳村が呼び止めた。

「あなたもいつか、ホテル櫻葉にお泊まりください。凶悪で恐ろしい『モノ』から雲居さんが命を懸けて守り通した場所です……」

紅耶は何も言葉を返さず、今度こそ居間を後にした。

居間に落ちる沈黙。柳村がすっ……と忍者の如く足音を立てずに退室し、永遠子も白玉を抱えてこっそり部屋を出ようとした時だった。

「と、と、とき、時町！」

冬緒が見初の名前を呼んだ。永遠子が「私までいるのに」と狼狽の表情を見せる。白玉も空気を読んで鳴き声を上げずに、永遠子の腕の中で石のように身を固くしている。

しかし彼女たちの気遣いなど知ったこっちゃないと、冬緒は顔を真っ赤にして見初に向き合う。

「さ、さ、さっきの。大切な人って。一番って。さっき！」

「冬ちゃん落ち着いて」

言葉が上手く紡げずにいる冬緒を見ていられず、永遠子が口を挟む。

これは冷静に戻り、二人きりになった時に聞いたほうが……。永遠子と白玉は溜め息をつきながら冬緒の正面に視線を移した。

そこには冬緒に負けず劣らず、耳や首まで赤くして縮こまっている見初の姿があった。

「あ、はは、あははは……勝手に口から出ちゃった感じなんですけど……」

見初はきょろきょろと視線を彷徨わせてから冬緒を視界に捉えると、さらに頬の赤みを濃くした。

「私、やっぱり椿木さんのこと大好きだったみたいです」

その言葉の直後、空笑いを浮かべたまま見初の体は後ろに倒れ込んだ。

「と、時町っ⁉」

「ぷぅーーっ⁉」

「そんな恥ずかしくて気絶するなんて冬ちゃんじゃあるまいし……えっ、熱あるわよ見初ちゃん⁉　柳村さん呼んできて早く早く！」

見初はその後、三日にわたって熱、鼻水、咳に苦しんだ。風邪である。

この季節に雨が降る中で、碧羅を連れて逃げ回ったのだ。それに加えて触覚の力の連発により、体力を消耗しすぎたのではと柳村は語った。

そして見初が寮の自室でゆっくり休んでいると、見舞い人がやって来た。

永遠子だ。

「色々あったけど……まあ、無事に帰って来られてよかったです」

「そうね。結局椿木家からのお咎(とが)めもなし。見初ちゃんはゆっくりと風邪を治してね」

「そういうわけにもいきません！　仕事が私を待っています！」

「冬ちゃんも待ってるわよ」

「……はい！」

元気に返事をした見初に永遠子は優しく微笑みながら、見舞いの品である林檎を切っていた。

だが何故か目を潤ませて鼻を啜り始める。

「と、永遠子さん、私の風邪移ったんじゃないですか？」

「そうじゃないの。ただ、長い道のりだったなぁ……って」

「え？」

「ううん、こっちの話よ。はい林檎」

「いただきます！」

一口サイズに切り分けられた林檎を早速いただく。爽やかな果汁が口の中に広がる。

もぐもぐと病人にしては早いペースで食べ進めていると、永遠子が物憂げに目を伏せていることに気付いた。

「永遠子ひゃん？」

「……ありがとう。あんな話を聞いたあとなのに、ホテルにいてくれて」

雲居の件だろう。

永遠子にとって知られたくなかったであろう負の記憶。ホテルのために隠していたそれを打ち明ければ、軽蔑されると思っていたのだろう。

「多分、苦しんだのは永遠子さんだけじゃないですから。悠乃さんたちも悩んで苦しんで嘘をついて、ホテルを守ったんだと思います」

見初はそう言ってから林檎をまた一口食べた。

妖怪でも神でも泊まれるホテルを作った人たちだ。きっと雲居のことを悲しんだ。本当は客だけでなく、雲居も助けたかったはずだった。

かつてこの場所にいた彼らの苦悩を理解して、受け止めたい。たとえ当人たちがそれを望んでいないとしても。

「それに」

「?」

「いつか碧羅と仲直り出来ますよ」

永遠子は見初の言葉に目を見開き、

「……そうね」

何かを思い返すかのように瞼を閉じた。

◆◆◆

「それで鈴娘さんはどうなったの？　変な陰陽師からちゃんと逃げられたの？」

「大丈夫だったって！　でも風邪引いたらしいんだぁ」

「人間って大変だな〜。風邪引きやすいなんて可哀想……」

「ご飯いっぱい食べてるから、すぐ治るって風来が言ってて……あっ」

　神社の参道脇で友達の妖怪と会話をしながら胡瓜を食べていた子河童は、手水舎の横に佇む子供を見付けて駆け寄った。

「おーい、君鈴娘さんと一緒にいた妖怪だなぁ？」

「鈴娘？」

　子供が怪訝そうに子河童を見る。

「ほら、君を抱えて黒い服着た奴らから逃げていた女の人だぁ」

「ああ……あいつ」

「君も無事だったみたいでよかったぁ」

「……お前あの女のことを知ってるの？」

　子供に聞かれて、子河童は笑顔で首を縦に振った。

「ほてるって宿で働いている人なんだぁ」

「……ふぅん」

「あれ？　その綺麗なのどうしたんだぁ？」

　子供は掌に花を載せていた。紫色の花弁が美しい花。くんくんと鼻を近付けると、爽やかな香りがした。

「……人間にもらったんだよ」

「鈴娘さんに？　いいなぁ～！」

「違う」

子供が素っ気ない口調で答えると同時に強い風が吹いて、子河童は目を瞑った。

そして瞼を開いた時、子供の姿はどこにもなかった。

子河童が急にいなくなった自分を探し回っている。その様子を木の上から見下ろしながら、碧羅は花にそっと触れた。

先日の記憶が脳裏に蘇る。

時町という人間の力によって式神が寝返り、陰陽師たちの間に混乱が生じている隙に逃げようとした。

『待って、碧羅！』

その時、永遠子に呼び止められた。邪魔をするのかと振り向けば青い巾着袋を握らされる。

深く聞き出す間もなく、その場から逃げ出してから中身を確かめると紫色の花が入っていた。

かつて碧羅が髪飾りに加工して雲居に贈ったもの。

永遠子は巾着袋を渡す時、こう告げた。

『雲居が私にくれた大切なもの。あなたに返すわね』
『っ、どうして……』
『雲居に頼まれていたの。碧羅に返してくれって』
永遠子はそう答えると、寂しげに微笑んだ。
あの笑顔をずっと忘れられずにいる。

第二話　がらんどう

「うわっ、あいつ弥虚だ。話しかけられる前に逃げようぜ」

「ああ。あんな奴と仲良くしているのを他の妖怪に見られたら、私たちまで嫌われてしまう」

そう言って逃げていく二匹の妖怪の後ろ姿をじぃっと見詰めながら、弥虚は小さく溜め息をついた。

みんなと仲良くなりたいのに、どうしてみんなは自分を避けるのだろう。

友達になって欲しいなんて、そんな烏滸がましいことを言うつもりなんてない。ただほんの少し、話し相手になってもらいたい。それだけなのに。

「なあ、弥虚が色んな術を使える妖怪ってほんと？」

「ほんとほんと。色んな神様から術を教えてもらったんだと。何かむかつくよなぁ」

「むかつくってどうして？」

「だって、たくさん術を使えるんだぞ。あんな気弱そうな性格の振りをして、心の中ではオレたちを見下しているに違いない」

「言われてみれば！　あれはみんなを馬鹿にしている目だ！」

違う。見下していないし、馬鹿にもしていない。けれどそのことを信じてくれる妖怪は誰もいない。だってそもそも弥虚の話を誰も聞いてくれないからだ。

――もう一人は嫌だ。疎まれてばかりの日々なんて過ごしたくない。

「う、うぅ……うぅぅ……っ！」

ぽろぽろ涙を流しながら、自分の周囲に無数の札を浮かび上がらせる。

そこに書かれた『火遁』や『水鉄砲』などの文字。弥虚が使える術の名だ。火の海を出現させられるし、木々を薙ぎ倒すほどの突風だって起こせる。

けれど一番欲しい『友を作ることの出来る』術はない。こんなにたくさん術を持っているのに。

だったらこんな術全部要らない。そう思っていた時だった。

「ねえねえ。そんなにいっぱい術を使えるなら、私に何か一つ術をちょうだい？」

弥虚にそう頼んできた妖怪がいたので、言う通りにした。普通に話しかけてもらえるのが久しぶりで嬉しかったし、術を手放すことに未練なんて感じていなかったからだ。

術を渡したらすぐにいなくなろう。そう思っていたのだが。

「ありがとう、弥虚。あなたは優しい妖怪だ！」

術を受け取った妖怪は満面の笑みとともに、感謝の言葉を弥虚に告げた。

この日を境に、多くの妖怪が弥虚に声をかけるようになった。みんな術を求めたので、弥虚は彼らが望むように渡し続けた。

「ありがとうございます。この術を大切にしますね」

「お前いい奴だな。これで俺とお前は友達だ！」

「弥虚様大好き！」

術を一つ渡す度に、優しい言葉をかけてもらえる。札から文字が消える度に、弥虚の心は温かくなる。

こんなに幸せなことはない。

◆　◆　◆

「料理は愛情……料理は愛情……」

時刻午後九時。寮の厨房にてぶつぶつ呟き続ける不審人物がいた。

冬緒（ふゆお）である。彼の手にはフライ返しが握られており、フライパンの中では黒焦げになった何かがじゅうじゅうと音を立てていた。

元・目玉焼きである。何をどう間違えたのか炭化した。周りがきつね色に焦げて、黄身が完全に固まっていない半熟状態が冬緒の理想だったが、程遠い仕上がりである。

「く……っ、また失敗だ！」

冬緒は火を止めると、皿に黒い目玉焼きを盛り付けた。このままでは食べられないので、ソースをかけてから一口食べてみる。

「カフッ」

シャリッ、パリッと謎の食感。玉子の殻が混ざっていたらしい。

炭の苦味とソースの酸味が不快なハーモニーを生み出し、食欲を減退させる。体が嚥下を拒絶するので、水で無理矢理流し込む。

料理って難しい。一人寂しく黒焦げを食べ進めていると、誰かが厨房に入ってきた。

「あれ、冬緒じゃん。……うげっ、何食ってんの？　炭？」

海帆が神妙な顔付きで皿の上の物体を見詰める。

「目玉焼きです……失敗したけど」

「見た目的にそうかなって思ってたけど……もしかしてこれ全部目玉焼きに使った分？」

海帆が指を差したのは、シンクに捨てられた玉子の殻だった。三個分はある。

何だか気まずさを感じて冬緒は海帆から視線を逸らしつつ、自らの死闘を語った。

「割った直後から黄身と白身が混ざり合うわ、きつね色通り越して黒い焼き色になるわ、殻が時々入ってるわでもう俺苦い目玉焼き食べ飽きた……」

「えっ、失敗したもん全部食ったの⁉」

「玉子に罪はないので……」

いい子の発言である。

「責任持って食うのは偉いけど、あんた食いすぎはよくないよ。玉子を一日に摂りすぎると体に悪いっぽいし、見初に心配かけちゃダメだって」

真面目に諭されて、冬緒の肩がびくっと跳ねる。

「そ、そうですね。時町を悲しませたら本末転倒かぁ……」

「え？　見初のために目玉焼きの練習してんの？」

「…………」

海帆の素朴な疑問に、冬緒は沈痛な面持ちで頷いた。

以前から練習は続けているのだ。食べることが大好きな見初に、美味しい手料理を食べてもらいたい。そんな健気な気持ちで台所に立つのだが、まともに美味しい料理を作れた試しがない。

そこでまずは初心者向けの料理をマスターしようと、目玉焼きに挑戦したら大失敗した。

自分で揃えた調理器具がダメだったのかと考え、厨房のフライパンを借りたのだが惨敗である。

「こんなものを時町に食べさせようとしたら、白玉にしばかれます」

「まず調理器具のせいにすんのが間違ってる」

「はい……あ、そういえば海帆さんは何しに厨房に来たんですか？　食べ物探しに？」

「何か腹減って漁りに来たみたいな言い方だな……でも合ってるか。これもらいに来たんだ」

　そう言いながら海帆が青果置き場から取り出したのは、山吹色の果実だった。見た目は蜜柑(みかん)サイズのグレープフルーツのようにも見えるが、ふわりと特徴的な香りが正体を教えてくれた。

「……柚子(ゆず)か」

「そそ。兄貴が買い忘れちゃってさぁ。桃山(ももやま)さんにも一個余ってるから、好きに使っていいって言われてんの」

「新しいつまみの試作とかですか？」

　兄妹のバーで出すメニューの新作は、大抵天樹(あまき)が考えていると桃山から聞いたことがある。その話を思い出しつつ聞くと、海帆はニヤリと意味深な笑みを浮かべた。

「実は毎年この時季だけ兄貴が作る料理があんの。柚子はそれ用だよ」

　この時季だけ。その言葉に特別感を抱きつつ、どんなものを作るのかと冬緒は想像してみた。

　一番可能性があるのは体を温める鍋類。とてもフルーティーな味わいになりそうだが。

「気になるんだったら、冬緒も食ってみる？」

「いいんですか？」

「いいっていいって！　兄貴もきっと喜ぶよ！」

　こんな夜に突然食べに行ってもいいのだろうか。そう思いつつ、冬緒は海帆に引き摺られるようにして天樹の部屋に向かった。


「えーっ、それで椿木君連れて来ちゃったの⁉」

「というわけで頼んだ兄貴！」

　明らかに困った様子の天樹の両肩を海帆が元気に叩く。

「まだ味見もしていないのに……」

　やっぱり来てはいけなかったのでは。冬緒は今すぐ自分の部屋に帰りたくなった。しかし同じくらい気まずさを感じている天樹に引き留められた。

「こ、このまま帰すのも申し訳ないから、よかったら食べていってくれるかな？」

「申し訳ないのは何の約束もなしに、いきなり来ちゃった俺のほうだと思うんですけど……」

「ううん。今回はちょっと多く作りすぎちゃったから、あとで配ろうかなって考えてたんだ。最後に味噌を作るだけだから、もう少し待ってて」

　そう言って天樹は海帆からもらった柚子を持って、簡易キッチンで何かの仕上げに入った。

　味噌の甘い匂いと柚子の爽やかな香りが室内に広がっていく。黒焦げの目玉焼きを食べた後だというのに、匂いの誘惑を受けた胃袋が反応する。

　それから数分後、天樹は「はい、どうぞ」とテーブルに人数分の皿を置いた。

「天樹さん、これって……」

「うん、ふろふき大根」

　輪切りにされた大根はうっすらと透けていて、しっかり煮込まれているのが分かる。そこに茶色い田楽味噌と千切りした柚子の皮が載せてある。

　まさかこんな手の込んだ一品料理が出てくるとは思わず、冬緒は動揺した。

「いただきます」と言ってから大根に箸を入れれば、あっさり割ることが出来た。

　それを口に運ぶと、肉厚な身から汁がじゅわりと溢れ出す。柚子が香る味噌はやや濃厚すぎる味付けだが、大根のおかげで薄まってちょうどいい塩梅だ。

「うわ……美味い……！」

「んー、兄貴のふろふきって味噌が美味いんだよなー。いくらでも食えちゃう」

「うん、今回も成功だね。海帆に柚子取ってきてもらってよかったぁ」

　天樹と海帆は味噌を絶賛しているが、冬緒にとっては大根のほうが衝撃的だ。試しに味噌を付けずに食べてみると、昆布の風味が香るのである。けれど味噌の味を台無しにするような濃さでもない。

「すごいですね、天樹さん。こんな料理を作れるなんて……」

「学生の頃、料理番組で作り方が紹介されていたから見よう見まねで作ったら海帆が大喜びしてね。それ以来、寒い季節になると作ってってせがまれるんだよ」

「佳月(かづき)は兄貴がこんなの作れるって知らないけどさ」

海帆は優越感に浸ったような表情で笑った。

いつかあの末っ子の弟に知られたら揉めそうだなと思いながらも冬緒は大根を食べ進め、やがて絶望した。

「俺はなんて不甲斐ない……」

「どうしたの椿木君⁉」

天樹は突然負のオーラを纏(まと)った冬緒にぎょっとした。

「冬緒の奴、見初に料理作ってあげたくて特訓してるんだけど中々上手くいかないんだって。さっき炭食べてた」

「炭？」

「目玉焼き」

「あ、そういうこと……」

海帆から事情を聞かされ、天樹は苦笑した。

「目玉焼きって慣れれば簡単だけど、ポイントを掴んでおかないと実は結構難しいんだよ」

「そ……そうなんですか？」

「油の量が少なすぎると黒焦げになるし、玉子も綺麗に割らないと黄身が潰れちゃって殻が入る。ただ火にかけるよりフライパンに水を入れて、少し蒸し焼きにすると綺麗に仕上がりやすいんだよ。……とりあえず、作り方とかコツはちゃんと把握しておくといいよ」

いくつかアドバイスをしてから天樹がそう締め括ると、冬緒は真剣な顔で頷いた。

今の話を聞いて、自分の知識不足を痛感した。

目玉焼きなんてただ焼くだけだと思っていたし、油なんてほんの少しで大丈夫だと思っていた。蒸し焼きなんて、そんな発想すらなかった。

経験が足りないのなら、知識で補うしかない。この答えに辿り着き、冬緒は目を輝かせた。

「天樹さん……俺頑張ります」

「うん。でも椿木君は煮込みからチャレンジしてみない？」

「煮込み？」

天樹の提案に冬緒は瞬きを繰り返した。

「そうそう。最初に炒める場合もあるけど、材料を切って軽く下ごしらえしてからそのまま煮込む料理が多いんだよ。それで、こんなのでよければ作り方教えようかなって思っているんだけど……」

そう言って天樹が指を差したのは、ふろふき大根だった。

「えっ、無理ですよ。いきなりこんな難しい料理なんて」

「難しくないよ。ちょっと時間はかかるけど、しっかり手順通り作れば美味しく作れるもの。大根は米のとぎ汁と出汁用の昆布があればいいし、味噌は柚子だけじゃなくて胡麻を入れるとかアレンジが出来るよ」

「は……はい！」

「じゃあ、まずレシピを教えるね。ちょっと待ってメモを用意するから」

椿木君には油を使った料理はまだ早い。煮込み料理を薦めた天樹にはそのような考えがあったのだが、そのことに気付いているのは海帆だけだった。

「頑張れよ、冬緒～……」

あとは兄が何とかしてくれるだろう。冬緒の面倒を天樹に任せて、海帆は自分の部屋に戻ることにした。

冬緒の料理スキルが上がれば見初は美味しいものを食べられるし、その笑顔を見て冬緒も喜ぶ。いいこと尽くめである。よかったよかったと安心しながら廊下を歩いていたが、あることを思い出して立ち止まった。

「……あっ、アレもらって来なかった」

兄のふろふき大根を食べるついでにいつももらっているものがあるのだが、すっかり忘れていた。今から取りに戻ろうかと迷ったが、二人の邪魔をするのも何だか悪い。

それに今晩はもう遅い。冬緒のふろふき大根作りは後日になるだろうから、その時にもらえばいい。そう決めた時だった。

「あ、十塚さん！　大変なんです！」

この時間のロビーを任されている夜間スタッフが、困った表情で海帆に話しかけて来る。

彼の背中に誰かが乗っていることに気付き、海帆は夜間スタッフの真横に回った。

「ん、これ人間じゃないよな？」

「恐らくは妖怪かと」

淡い紫色の髪と中性的な顔立ちを持つ妖怪がぐったりとした様子で背負われていた。意識を失っているようで、瞼は固く閉ざされている。

「道端で倒れているところを見付けた他の妖怪が運んできたんですよ。かなり弱っているみたいなんで、永遠子さんにどうしようか相談しようと思っていたんですが……」

「あー、結構ボロボロだなこれ」

衰弱しているだけでなく、そう浅くない斬り傷や打撲痕もあるところを見るとかなり酷い目に遭ったらしい。

こんな状態の妖怪を放っておくわけにはいかない。永遠子だったら絶対にそう言うだろう。

きっと見初も。

「私は永遠子さんのところに行くから、あんたは見初の部屋へゴー！　白玉に治してもらおう」

「え？　あの可愛いうさちゃんにですか？」

「うん。白玉には病気とか怪我を治す力があるんだよ。多分この妖怪もいけると思う」

「分かりました。ありがとうございます！」

海帆に礼を告げてから、夜間スタッフは小走りで見初の部屋へと向かった。

今の時間帯だったら見初もまだ起きているだろう。もしかしたら何か夜のおやつを食べているかもしれない。

海帆も急いで永遠子の下へ向かう。ホテル櫻葉、本日の夜は少し長くなりそうである。

◆　◆　◆

「ぷぅぅ～」

医務室のベッドに寝かせられた妖怪の上に白玉が載り、体を白く発光させている。

白玉の治癒能力によって傷がゆっくりと塞がる様を、見初、冬緒、永遠子、天樹、海帆が見守っていた。夜食用にと見初が用意していた蜜柑をみんなで食べながら。

「でもどうしてこんなに酷い怪我をしてたんでしょうね……」

見初の疑問に答えられる者は誰もいなかった。

ただし、一つだけ分かることがある。そのことに気付いたのは永遠子だった。

「陰陽師にやられたんじゃなくて、妖怪の集団から暴力を受けたんだと思うわ。この子から色んな妖怪の匂いがするの」

永遠子の言葉に海帆は顔を歪めた。

「集団で？　酷いことするなぁ……」

「そのようなことをする者はごまんといるからな。人間も妖怪も」

「ん？　何でおっさんも来たんだよ」

まさか火々知(かがち)まで様子を見に来るとは思わず、海帆は不思議そうに聞いた。

すると火々知から返って来たのは嘲(あざけ)るような笑みだった。

「ふん。襲われた者から詳しく話を聞くためだ。妖怪を一方的に痛め付ける馬鹿者がホテルの近隣にいるとなれば、大きな問題となるからな。そんなことも思い付かないから、お前はいつまでたっても小娘なのだ」

「何だとぉ⁉　喧嘩(けんか)売るなら買うぞおっさん！」

「やめなさい海帆！　火々知さんもこんな時に煽っちゃダメだから！」

天樹がどうにか二人の口喧嘩を止めようとするが、火々知はふんっと鼻を鳴らした。

「吾輩は煽ったつもりなどない。勝手に小娘が……」

ベッドで眠る妖怪を目にした途端、火々知の言葉が止まる。

「……あの者、もしや弥虚ではないのか」

「火々知さん？」

火々知が口にした名前に、見初たちは「知り合い？」と首を傾げた。——ただし冬緒だけはさっと顔色を変えていたが。

「あの緩くうねった紫の髪色……間違いない。だがしかし、弥虚ほどの者が深手を負った？　まさか柳村ほどの力を持った陰陽師にやられたのか……？」

「火々知さん、陰陽師じゃなくて同じ妖怪から暴力を受けたみたいよ」

永遠子がぶつぶつと独り言を続ける火々知に説明すると、「何⁉」と驚愕の声が上がった。

「どれほどの手練れどもだったのだ！　いくら相手が複数とはいえ、『百札の弥虚』が押し負けるとは思えん！」

「……確かにその妖怪が火々知さんの言う通り本当に弥虚だとしたら、負けるわけがない」

冬緒が弥虚に視線を向けながら、表情を強張らせて言う。その深刻そうな様子に、見初は不安げに「そんなに強い妖怪なんですか？」と冬緒と火々知に聞いた。

「百枚の札を持つ妖怪だ。その札には数多(あまた)の神から授かった術の名が記されており、自在に使うことが出来る能力を持つ」

火々知が険しい顔で答えた。

弥虚の規格外すぎる能力に、冬緒以外の全員が仰天する。

「神様の術を使える……って百種類もですか⁉」

「そういえば、昔陰陽師のお客様がそんな妖怪がいるって教えてくれたわね」

「でもそれなら何でこんなにボロボロになってんのさ。かなり酷い怪我してんじゃん」

白玉のおかげで随分と治ってきているが、見ているこちらが痛くなるほどの重傷だった。

この妖怪が本当に『弥虚』であれば、ここまで袋叩きにされるはずがない。

海帆の指摘に火々知は「そんなこと、吾輩も知りたいくらいだ！」と声を荒らげた。

「ともかくだ。全力を出した弥虚でも敵わぬ連中が彷徨(うろつ)いているかもしれん。当分の間は警戒しておくべきだ」

「柳村さんにも相談したほうがいいかもな」

「妖怪のお客様にも気を付けるようにお知らせしておきます？」

「この辺りに棲(す)んでる妖怪に知らせましょう。犯人に心当たりがないかも聞いてみたいわね」

　正体の分からない脅威に全員が慌ただしく動き始める。

「……ぷぅ？」

　弥虚の右手が拳を握り、小刻みに震えている。それを見ていたのは側にいる白玉。そしてその瞬間を偶然目撃した海帆だけだった。

「どうしたの、海帆？　ボーッとしてたけど」

「あ、ううん。何でもない」

「どうせ怖がっていたのだろう。まったく、小心者な小娘だ」

「だーれが小心者だ！」

「火々知さんはいちいち煽らない！」

　騒がしくなる医務室。

　けれどこの夜、傷付いた妖怪が瞼を開くことはなかった。

◆　◆　◆

「兄貴ー、あの弥虚……かもしれない妖怪って目覚ました？」

　朝食の時間、顔を合わせるなりそう聞いてきた妹に天樹は「ううん」と答えた。

「白玉のおかげで傷は塞がったし、体力も戻ったはずなんだけどね」

「そりゃ残念。でもあんだけ傷付いてたし、元気になるには時間かかるかぁ」

「………」

溜め息をついてから焼き魚を頬張る海帆をじっと見詰め、天樹は質問をした。

「あの妖怪のことが気になる？」

「へ？」

「昨日、医務室を出る時もそわそわしていたよね。やけに心配してるなぁって思ったんだ」

「気になるっていうか……放っておけないというか……」

海帆の脳裏に昨夜の記憶が蘇る。

夜間スタッフが海帆に言われて見初の部屋に向かおうとした時のことだった。

だらんと垂れていた妖怪の腕が上がり、泥だらけの手が海帆の服の袖を摘まんだのだ。

海帆が妖怪の顔を見れば、目を瞑ったまま口を動かしていた。たすけて、と言っているように海帆には見えた。

しかし腕はすぐに力を失い、指も離れていった。夜間スタッフも何があったか気付かず、見初に会いに行った。

妖怪は無意識で側にいた人物に助けを求めていたのだ。あの場にいたのが海帆じゃなくても同じことをしていただろう。

そのくらい、恐ろしく辛い目に遭った。そう思わせる妖怪の行動を間近で見たせいか、海帆は何とかしてやりたいと強く感じたのである。

「今は目を覚ますのを待とうか。それと火々知さんが昨日だけじゃなくて今朝もホテルの周辺見回ってみたけど、変な妖怪はいなかったって」

「それじゃあ手がかりなしかー」

「火々知さんも『弥虚を倒した奴と手合わせしたかったから残念だ』って本気で言ってた」

「おっさん朝っぱらから酔っ払ってんのか？」

これだから短気ですぐに喧嘩をしたがる奴は。

朝から血の気が多いライバルに呆れながら、海帆は味噌汁を啜った。

ホールの外から悲鳴のような叫び声が聞こえたのはそれから数分後だった。それから何かを制止しようとする男の声……これは火々知のものだ。

「おっさん……？」

「大変だ、昨日助けた妖怪が医務室で暴れてる！」

慌てた様子でホールに駆け込んだ冬緒からの知らせに、海帆は勢いよく椅子から立ち上がった。

「ごめんなさい、ごめんなさい！　来ないでください！　もう私には何も残っていないのです！」

「落ち着かんか、馬鹿者！　吾輩の話を黙って聞けい！」

「殴らないで！　蹴らないで！　斬らないで……！」

「貴様もそれを振り回すのをやめろ！」

医務室では半狂乱でパイプ椅子を振り回す妖怪と、その攻撃を避けつつ椅子を取り上げようとする火々知がいた。修羅場である。

「おっさん何したんだよ⁉」

「何もしとらんわ！　様子を見に来たら起きていたから声をかけた途端、騒ぎ出したのだ！」

「……もしかしたら、あの妖怪に怪我をさせたのって火々知さんと同じ蛇妖怪だったりとか？」

「天樹！　推理している暇があれば、まずこやつを止めろ！」

と言われても、パイプ椅子を全力で振り回す相手をどうしろというのか。一撃当たっただけでも大ダメージである。

十塚兄妹は息ぴったりなタイミングで「無理！」と手を横に振って叫んだ。

「ぐぬぬ……こうなったら妖怪の姿に戻るしかないか！」

「はっ!? 怖がられてんのに妖怪に戻ったら、ますます怖がっちゃうだろ！」

「仕方あるまい！　軽く締め付けて気絶させるしか……ぐおっ」

不穏な発言をする火々知を海帆が素早く羽交い締めにして動きを封じる。しかもよりにもよって、妖怪が正面からパイプ椅子を振り下ろそうとしている時に。

「こ、小娘お前どっちの味方だー!?」

「一発耐えろおっさん！　一発殴ったらあっちも冷静になるかもしれないだろ！」

「冷静にならなかったらどうするつもりだ！」

「……二発目だ！」

「小娘！」

朝から流血沙汰が起きてしまう。天樹は「あわわ……」となす術なくこの状況を見守っていたが、だからこそ騒いでいる二人よりも、妖怪の異変に早く気付くことが出来た。

異常なまでに怯えていた妖怪が、海帆が火々知を押さえ付けた途端驚いたように瞠目したのだ。

そして悲鳴ばかり上げていた口から微かな呟きを零す。

「にん……げんだ……」

火々知の頭部に打ち付ける寸前だったパイプ椅子も、ゆっくりと床に下ろす。どこか安堵した表情を見せる妖怪の姿に、海帆と火々知が「ん？」と首を傾げている時だった。

「か、火々知さん大丈夫ですか⁉」

「ぷぅ⁉　ぷぷぅ⁉」

白玉を抱えた見初もやって来た。だがその直後、落ち着きを取り戻したかに思われた妖怪が再び怯えを見せ始める。

「そ、その兎、妖怪……？」

「……なあ、おっさん」

「ふん、言われなくとも分かっている」

海帆から解放された火々知は妖怪ではなく、見初へと近付いていった。

「行くぞ時町。白玉と吾輩がいては、あやつは怯えたままでいつまでも話をせん」

「火々知さん、それって……」

「……弥虚の奴め、妖怪に対して異常な恐れを抱いておるわ」

火々知は青ざめた顔をした妖怪……弥虚を一瞥（いちべつ）すると医務室から出て行った。

「おっさん、見た目ちょっと怖いよな。一人でいる時にあんなのが入ってきちゃったらそりゃ怖いって！」

「……いえ、あの蛇はあなたたちの仲間です。白い兎だって私を助けてくれた。それなのに怖がってしまって、ごめんなさい。頭が真っ白になって、何も考えられなくなってしまった……」

海帆と天樹だけが室内に残ると、弥虚は穏やかな口調で言葉を返した。冷静さを取り戻すことが出来たらしい。ただ顔色はまだ悪いままだ。

人間とはこうして接していても平気なのに、同じ妖怪には尋常ではない怯えようだった。火々知はともかく、恩人だと認識している白玉にも反応していたところを見ると、心の傷はかなり深いようだ。

極力刺激しないように。自分にそう言い聞かせながら海帆は弥虚に問いを投げかけた。

「なあ、どうして酷い怪我してたのか聞いていいかな。あんたすごい妖怪なんだろ？　なのにあそこまでやられるなんて有り得ないって、さっきいた蛇のおっさんが言ってたんだ」

「………………」

弥虚からの返事はなかった。ただ無視しているというわけではなく、迷っているように海帆には見えた。その証拠に口を開いたり閉じたりを繰り返している。

兄とともに無言で見守っていると、やがて決心がついたのか弥虚が「これを見てください」と言葉を発した。

弥虚の体が紫色の光に包まれる。すると、弥虚の周囲を取り囲むように無数の白い札が次々に出現していく。

その数、数十枚いや百に達するほど。まるで持ち主を守る殻のようでもあった。

「すっごー　なあ兄貴、この数だけ術使えるってことだろ⁉」

「うん、そうだね。でも……よく見てごらん」

「へ？」

兄に促され、札を一枚一枚じっくり見てみる。

どの札にも文字が書かれていない。まっさらな状態だった。

「これって……人間の目には文字が見えないってこと？」

「いいえ」

弥虚はぎこちなく笑いながら否定した。

「これらはもう何も書かれていない。ただの白紙です。だから私は何の術も使うことが出来ない、ひ弱な妖怪なのです」

「えっ、消しゴム使って文字消した⁉」

「こら海帆。そんなのじゃ消えないと思うよ」

天樹にそう指摘されると、海帆は目を丸くした。

「そういうもん……？」

「そのケシゴムが何かは存じませんが……妖怪たちに術を渡すと、その術の文字は札から消えていきました。『もうお前の力ではない』と言うかのように」

かさかさと音を立てて札が勝手に動き、弥虚の手の平の上に積み重なっていく。その時生じた僅かな風には、紙の匂いがほんのりと混じっていた。

「術を渡したって何でそんなことしちゃったんだよ。しかも全部渡すなんて……」

「……友が欲しかったから」

弥虚は白い紙を指先でなぞった。

「私はずっと、ずっと友が欲しかった。だからこうするしかなかったのです」

『おっ、弥虚だ！』

『暇潰しにあいつを追い回すか。子供みたいにぎゃんぎゃん泣いて面白いんだよ！』

元々弥虚は何の術も戦う術も持たない非力な妖怪だった。気弱な性根も災いしてか、力の強い妖怪に追い回され何度も怖い思いをした。

そんな弥虚を哀れんだ一人の神が透明な水晶玉を渡し、こう言った。

『これさえあれば、どんな神の術でも使えるようになる』

それを聞いた弥虚は一人の神の下へ行き、早速術を学んでみた。

すると水晶玉から一枚の札が飛び出した。そこには術の名が記されており、それを光らせると弥虚はその術が使えるようになった。

水晶玉を持って全国の神々に会いに行くことにした。

弥虚の身の上話を聞いて、すんなり術を授けた神もいた。

ただでは教えぬと、弥虚に修行を積ませてから授けた神もいた。

中には妖怪なんぞに自分の術を教えるなんてごめんだと追い返した神もいた。

何はともあれ、札に術の名が刻まれていき、ただ弱かっただけの弥虚はいなくなった。

自分を虐める妖怪たちを追い返せるほどの力は手に入れたからだ。

水晶玉は札を百枚手に入れた時、粉々に割れた。役目を終えたとして、自ら砕け散ったのだろう。

怪我をすることはなくなった。

けれど痛みはなくならない。

相変わらず胸の奥が痛かった。

『弥虚の奴、いけすかねえ！』

『ああそうだ！　あいつだけ神の術が使えるなんて狡いぞ！』

みんなからもっと嫌われるようになった。

神の術が書かれた札は弥虚の身を守ってくれたが、心までは救ってくれなかった。

そんな時、一人の妖怪が術を欲しいと言ってきた。

もらった術をまた誰かに渡すなんて出来るのだろうか。弥虚は訝しがりながらも、札をその妖怪に差し出した。

するると札から光の珠が生まれ、それは妖怪の中へ吸い込まれていった。札から文字は消えていた。

妖怪は札に書かれていた術を使うことが出来て、弥虚に感謝の言葉を告げて去って行った。

「それから私はたくさんの妖怪に術を譲り続けました。そうすれば私に優しい言葉をかけてくれるから。……そして気が付いたら、一つ残らず術を失っていました」

「「………」」

海帆と天樹は途中で言葉を挟むことなく、苦い表情で話を聞いていた。

二人の反応に弥虚は苦笑する。

「私を襲ったのは術を欲しがる妖怪たちでした。ですが私がもう渡せるものは何も持っていないと分かると怒って攻撃してきました」

「はぁ⁉ 何だそれ！」

海帆は怒りの声を上げた。いい加減我慢出来なかったのだ。

自分に怒りが向けられていると思ったらしく、弥虚がびくりと震える。

それを見た天樹がやんわりと宥めようとする。

「海帆、君がそんなに怒っても……」

「だって色々と許せないだろ！」

だが海帆の怒りは収まるどころか、ますます激しさを増す。大噴火。

「どいつもこいつも弥虚のことを何だと思ってるんだよ！」

弱い者いじめしていた妖怪たちにも、術目当てで弥虚に近付いた妖怪たちにも、術がないと知って暴力を振るった妖怪たちにも腹が立つ。もし出会ったら殴ってやりたいと海帆は拳を握った。

弥虚はそんな怒髪冠（どはつかんむり）を衝（つ）く勢いの海帆に目を丸くしていたが、やがて表情を柔らかくした。

「ありがとうございます。私のような愚か者のために怒ってくれて」

「愚か者って、弥虚もどうして自分のことをそんなふうに言うのさ」

「だって最初から気付いていましたもの。みんな、本当は私のことなんてどうでもいいと。私にかけてくれる優しい言葉は全部偽物と。……それでも」

ぎゅう、と弥虚は白紙の札を握り締めた。

「それでも私への笑顔が欲しかった。たとえ一瞬だけだとしても、私に優しくして欲しかったのです……」

「……するよ。私も兄貴も、いや、このホテルにいる奴ら全員弥虚に優しくするし友達にもなる。だからそんな暗い顔するもんじゃないよ」

「ともだちですか」

弥虚はその言葉を繰り返して目を潤ませた。

「嬉しいな。全部失くしちゃったあとに一番欲しかったものが見付かるなんて」

そう言ってから弥虚は「でも結構です」と断った。

「私は神々から授かった術をどうしようもない理由で手放したのです。そんな私に友を得る資格などありません」

明確な拒絶を見せる弥虚に天樹が床に視線を落とす。これ以上は弥虚の心に踏み込めないと思ったからだ。

しかし海帆は違った。

「まあ、私は弥虚と友達になる気満々だよ」

「え、あの……ですから私は……」

「私は友達作れる資格ってのが自分にあると思ってんのよ。だから誰と仲良くなっても私の自由だし、無理矢理友達にさせられるようなものなんだから、弥虚はあんま深く考えなくていいよ」

「無理矢理……」

「それと！　弥虚の札のこと！　私がどうにかしてやるから元気出しな！」

声高らかに宣言する海帆に「えっ⁉」と驚いたのは天樹だった。

「そんなに簡単に言うけど、ちゃんと考えがあって言っているんだよね……？」

「まだないよ」

「こら、責任持てない発言はしない！」

「責任はちゃんと持つ！　だってこんなんじゃあんまりだろ！」

「それはそうだけど……」

弥虚を救いたいのは分かるが、なんの考えもなしに……。

溜め息をつく天樹だったが、弥虚に視線を向ければ嬉しそうな笑みを浮かべていた。期待を持たせてはいけないと、天樹は慌てて弥虚へ声をかけた。

「あ、あの、本人はこう言っていますが……」

「海帆様のその気持ちがとても嬉しいのです。まだ出会ったばかりの妖怪をこれほど気にかけてくださる方は初めてですから」

弥虚は眩しいものを見るように目を細めた。

「私は幸せ者だ」

その言葉に海帆はぐっと息を詰まらせる。

白玉のおかげで傷は完治しているものの、弥虚はホテル櫻葉で保護することになった。このまま外に出せば、また良からぬ妖怪達に狙われるかもしれないからだ。

しかしこの状況を打破するための策は、なかなか思い付かないのだった。

「それで兄貴は何か方法思い付いた？」

「思い付いたらとっくに話してるよ」

閉店時間を迎え、客が去った後のバーにて海帆と天樹はオレンジジュースで喉を潤していた。つまみは癖の強くないチーズ類だ。

「弥虚もあそこから出ようとしないしなぁ」

弥虚がやって来てから三日が経つものの、医務室にずっと引き籠もりっぱなしだった。ホテルの客室にも興味があったようなのだが、妖怪や神も泊まっていると知ると青ざめた顔でシーツに包まってしまった。その姿を見て海帆は「蓑虫みたいだな」と口走った。天樹に怒られた。

妖怪だけではなく、無断で術を手放してしまったせいで神にも恐怖心を感じているのである。

あんな状態では、弥虚が今以上に辛い日々を送ることになってしまう。

「せめて弥虚さんが自分の身を守れるようにならないとね」

「うーん、あの札に火を点けて襲ってきた奴らに投げ付けるとか？」

「あれ神様からもらったものでしょ!?　そんな雑な使い方したって知られたら弥虚さんが怒られるよ！」

「だってもうそれくらいしか使い道なさそうだし……」

海帆のその言葉には同意見らしい。天樹は何も言い返さずチーズを口に含んだ。

海帆もオレンジジュースをぐいっと呷る。カクテルの材料に使っているものなので、普通のものより甘さは控えめ。強めの酸味が口内に広がり、脳に刺激を与える。

しかし名案は浮かんでこない。

薄暗い照明も相まって、カウンターに重苦しい沈黙がのしかかった時だった。

「天樹さん！」

童心に返ったかのような笑みで冬緒が小走りで駆け寄って来た。その手にはラップがかかった深皿。

「俺でも美味しく作ることが出来ました！」

嬉々とした報告の後にラップが外される。その下から姿を見せたのは、じっくり煮込まれて淡い色合いとなった大根だった。その上には田楽味噌がかけられている。

「おー！　ふろふき大根！」

「よかった、ちゃんと作れたんだね椿木君」

「はい！　寮の厨房でもらった米のとぎ汁で下茹でしました」

どれどれ……と海帆と天樹は早速味見してみることにした。

「んっ、美味い！　大根柔らかくなってる！」

「味噌の味付けもちょうどいいね」

最初から大根を味噌で煮込んだものでは味わえない味と食感だ。昆布の出汁のみで時間をかけて煮込んだ大根に、味噌を好きな量だけつけて食べる。それによって味の濃さを自分で調整出来る面白さがあるのだ。

「こ、これで時町を喜ばせることが出来ます……！」

師匠に褒めてもらい、冬緒の目にも涙が浮かぶ。

そんなふろふき大根如きで大袈裟なと十塚兄妹は引いたが、目玉焼きを三連続で黒焦げにした後にこうして一品料理を作ることが出来たのだ。そりゃ本人は大きな達成感があっただろうと考え、温かく見守ることにした。

と、海帆はハッとした。

「そうだ、冬緒！　あれちょうだい！」

「え？　あれ？」

「ほら、昆布！　大根煮込む時に使った！」

「ええと……」

その微妙な冬緒の反応に、海帆は嫌な予感を覚えた。

「……もしかしてもう捨てた？」

「あ、鍋の中に残ったままですけど……」

どうやら片付けを後回しにして、報告しに来たようだ。

海帆はほっと胸を撫で下ろした。

「あーよかった。先に言っておかなかった私が悪いんだけどさ」

「でも出汁を取ったあとの昆布なんて何に使うんですか？　あんなもの、もう捨てるだけじゃないですか」

どうやらこのことが気になって、あの微妙な反応だったらしい。

「使ったあとの干し昆布も食材として十分に使えるよ。いっつも兄貴がふろふきで使った昆布をもらって佃煮作ってんの」

「こないだは持って帰るの忘れちゃったみたいだから、酢漬けに使わせてもらったけどね」

「あ、そういえば寮のご飯で出る佃煮の昆布って出汁取ったのを使ってたか。忘れてた……」

ようやくぴんと来たようで、冬緒がうんうんと頷いている。

「朝によく出て来るおかかあるでしょ？　あれも出汁を取ったあとのかつお節を使ってるんだよ」

「ああー……何か、何かすごい。もう用済みになったやつをあんなに美味しく再利用出来るなんて……」

冬緒には衝撃的な話だったらしい。手で口元を押さえながら料理の奥深さを感じている。

その冬緒の背中を海帆はばしばしと叩いた。

「食べ物の力を思い知ったか、若者よ」

「いや、海帆さんも若者！」

「たとえ出汁を取り切って脱け殻になったとしてもそれを味付けすれば、新しい姿に生まれ変わ……」

海帆の言葉が止まる。

「……海帆どうしたの？」

「……それだ！　その手があった！」

「？」

何かを思い付き、一人で喜ぶ海帆を前に天樹と冬緒は首を傾げていた。

気のせいだろうか、この地を訪れてから空はいつも晴れていて、太陽の光のおかげでぽかぽかと暖かい。

医務室の窓辺に立ち、弥虚は空を眺めていた。毎日それしかすることがないからだ。ほてるという宿がどんな場所か気になるけれど、妖怪や神にばったり出くわしたら。そう考えると怖くて近付けない。

情けない、恥ずかしい。

いつかはここから去らなければならないのに、外に出るのが怖かった。

優しい妖怪がたくさんいることは分かっている。

あの白い兎は弱っていた自分を癒してくれたし、人間に化けている蛇が様子を見に来た時も案じるような表情をしていた。

だがそうではない妖怪に出会ったら。

また攻撃されたら。

そう考えるだけで体が震えてしまう。

「こうなったのは自業自得じゃないか……」

欲をかいて術を失ったのは自分のせい。

海帆という人間は友になるように言ってくれたが、こんな愚かな妖怪にこれ以上構う必要なんてない。

大丈夫。こそこそ隠れて生きるのには慣れている。誰にも見付からないように各地を転々とすればいいだけだ。

怖じ気づきそうになる自身に強く言い聞かせ、部屋から出て行こうとする。

だが弥虚が取っ手を掴もうとするより先に、ドアが勢いよく開いて海帆が入ってきた。

「弥虚！……ってあ、ごめん。今からどこかに行こうとしてた？」

「い……いいえ」

「よかった。今からちょっと弥虚に試してみて欲しいことがあんの」

「試す？」

「そそ。おーい、風来」

海帆が窓に向かって名前を呼ぶ。

「はい、海帆姐さん！　いっぱい集めてきたよ！」

窓の外に陽気そうな狸の妖怪が現れる。

ただ狸だけではなかった。どこか間抜けそうな狐。先日弥虚を治してくれた白い仔兎。

緊張した面持ちをした少女。さらには河童やろくろ首の女など様々な妖怪が集まっていた。

「ひっ」

弥虚は反射的にカーテンを閉め切った。シャッ！　という音がやけに大きく聞こえる。

「大丈夫！　怖がんなくても大丈夫だから！」

海帆がカーテンと共に窓を開けて、風来に「こら！」と注意する。

「急に大勢で来たら弥虚がビビるから、一匹ずつ連れて来たほうがいいって言ったろ！」

「だって弥虚がいるって話したら、みんなすぐに会いたいって来ちゃったんだもん～」

海帆と風来の会話に、弥虚はぎくりと顔を強張らせる。

彼らも術を求めてやって来たのだろうか……。

けれど雷訪から弥虚へ告げられた言葉は、意外なものだった。

「初めまして、弥虚様。私たちはあなたに術をお教えするために参じました」

「術を……？」

「そう！　最初はうちの従業員だけにするつもりだったんだけどさ、風来が泊まりに来てる客とか近くに棲んでる妖怪にも勝手に話しちゃったんだよ。そしたら『自分も自分も！』って集まったんだ」

海帆の言葉に風来は「ご、ごめーん！」と謝ったが、雷訪に「まったく！」と呆れられていた。

どこか微笑ましい光景を弥虚がじっと眺めていると、海帆に「弥虚」と名前を呼ばれた。

「あんたの札って元々の文字は消えて白くなって力もなくなったわけだけど、紙はこうして残っているんだから新しい文字を書けるじゃん。そしたらまた術を使えるかもしんないよ」

「今日集まった妖怪って、オイラと白玉様と柚枝ちゃん以外はポンコツだから、あんまり強くない術ばっかりだけどね」

「お前にポンコツ呼ばわりされたくないわ、チビ狸め！」

小豆が入った笊を持った妖怪が風来の頭をぺちんと叩く。他の妖怪も「そうだそうだ！」と抗議している。

「あなたたちが私に術を……」

弥虚の掠れた声によって、水を打ったように静かになる。その場にいたみんなが弥虚へ視線を注ぐ。

注目の的となった弥虚は、取り出した札をぎゅっと握った。

「そんな、そんなことが……出来るのですか？」

「えっ、出来ないの⁉」

海帆は首を捻る弥虚にぎょっとしつつ聞いた。

「生憎試したことがないので……」

眉間に皺を寄せて考え込む弥虚。思わぬ事態にざわつく妖怪たち。

しかしそこに一人の人物が現れる。

「弥虚さん、あなたは妖怪たちにどんなふうに術を渡していたか思い出せませんか？」

「兄貴？」

「ほら、それも妖怪から妖怪に術を渡したわけでしょ。何かそこにヒントが隠されているかもしれない」

医務室を訪れた天樹の質問に、弥虚は思案する。出来ればあまり思い出したくない記憶だが、これだけの数の妖怪が自分のために集まってくれたのだ。そんなことは言っていられない。

　しかし。

「特別……何か変わったことをした記憶はありません。ただ、元は神様からいただいたものです。なので大切に扱って欲しいと強く思っただけで」

「じゃあ、弥虚に『オイラの秘伝の技をいっぱい使って！』って一生懸命念じてみる！　むむむ……！」

　ひょいと部屋の中に入って来た風来が、弥虚の前で瞼を閉じて唸り始める。弥虚も急いで札を取り出す。

　しかし三分経過しても、札は雪のような純白さを保ったままだった。

「もう諦めたほうがいいと思いますぞ」

「待ってください、雷訪コーチ！　オイラまだ頑張れます！」

　悟った表情で止めさせようとする雷訪だが、風来は嫌だと首を横に振る。

　弥虚が申し訳なさを感じていると、天樹がバツの悪そうな顔で口を開いた。

「弥虚さん、もしかして神様から術を渡された時って、どういうものか一度見せてもらった？」

「はい。そういえばそうでしたね……」

「どんな仕組みかは分からないけど、札の持ち主がどういうものかを把握する必要があるのかもね」

「よーし、オイラやるよ！」

天樹のその言葉を聞いた風来の目がキラリと輝き、もふもふの全身も光り出す。

「はいよっ！」

医務室に響き渡るゴトンッ！　と重厚感溢れる音。

弥虚の目の前に銀色のタライが現れた。その直後、札の一枚が強い光を放つ。

そして光が止んだ後、札には『タライへの変化』と黒字で記されていた。成功ではある。

「これじゃあ、タライにしか化けられないじゃん！」

『変化』の術を教えたかった風来にとっては予想外の結果である。

「……何でこんなに限定的なんだ？」

「この札、判定がちょっと厳しいね」

海帆も天樹も苦笑いである。

「実は私、すり鉢にでも変身するつもりでした。これは危ないところでしたな。もっと役に立ちそうなものに化けなければ……ほいさっ！」

雷訪の体が光り、一振りの小刀へ姿を変える。

「弥虚様が戦えるよう、武器にしてみましたぞ！」

「でも何かペラッペラしてんなぁ……」

海帆の言うように、様子がおかしい小刀だった。刃の部分が紙のように柔らかく、風に靡（なび）いてゆらゆらと揺れているのだ。豆腐も斬れないかもしれない。

相方の情けない姿に、風来がコメントを一言。

「雷訪じゃかっこいい刀になんか変身出来ないんじゃないかな……」

「何ですと⁉　だったらあなたは完璧に変身出来て……ああっ」

口喧嘩をしている場合ではない。札が光り始めたのだ。

そして『偽小刀への変化』と不名誉な術の名が刻まれてしまった。

「に、偽……私は真面目に変身したというのに……」

肩を落とす雷訪を妖怪たちが「元気出して」と慰める。

一方今回の計画の発案者である海帆は、出だしからの失敗の連続に責任を感じていた。

「ごめん、弥虚！」

「謝らないでください、海帆様。あなたは何も悪くありません」

「でも一枚目二枚目からこんな感じになるなんて……」

「それに私、今とっても幸せな気持ちなのです」

文字が書かれた二枚の札を見詰める弥虚は、泣きながら微笑んでいた。零れた涙が札に流れ落ちて丸い染みを作る。

「私のために、私を思って授けてくれた術。絶対に何があっても手放したりしない。大切に……守り続けていきます」

弥虚の笑顔に、先程まで気まずい思いをしていた風来と雷訪の顔にも笑みが浮かぶ。

「うん、大事にしてね！」

「肝心な時に使えそうにないもので申し訳ありませんが、よろしく頼みましたぞ！」

「よっしゃ！　みんなどんどん弥虚に術教えていけー！」

海帆の掛け声に、待機していた妖怪たちも次は自分の番だと順番決めで揉めている。

最終的には見兼ねた天樹が列を整備することとなったが、そんな様子を見て弥虚はずっと笑い続けていたのだった。


「…………」

木陰から医務室の前で騒ぐ妖怪たちを眺めているのは火々知だった。

そんな彼に総支配人が声をかける。

「あなたは行かなくてよろしいのですか、火々知さん」

柳村の問いかけに火々知はふんと鼻を鳴らす。

「吾輩があの者に教えてやれることなど、ワインの美味い飲み方くらいよ」

「それはそれで必要かもしれませんよ。……それと、弥虚様に傷を負わせた妖怪の集団についてですが」

「奴らなら昨夜、山中で宴を開いているところを見付けたので絞めてやったわ。弥虚を痛め付けた話を肴にしていたから分かりやすかったぞ」

まるで雑巾絞りをするようなジェスチャーをしながら火々知は語った。「やはりあなたはお優しい方だ」と柳村が言うと、不服そうに顔を歪める。

「ホテルの近辺に迷惑な輩がいると、困るのは吾輩たちだからな。弥虚のためではなく、あくまで仕事の一環で行ったことだ」

「では時間外労働ということで、その分の賃金をお支払いしなければなりませんね。……ですが」

「うむ……お前も気付いていたか。弥虚を狙う不届き者はまだいるようだぞ」

火々知と柳村が視線を向けた先。既に姿は消しているものの、そこには妖怪の気配が残っていた。

◆　◆　◆

夕方になりホールに現れた弥虚の下に、仕事終わりの見初と冬緒が集まっていた。

「へぇ～、それで二十枚くらいお札が集まったんですね」

「でも何か変な術がちらほらあるなぁ……」

冬緒の視線の先には『小豆撒菱』や『頭の皿投げ』など珍妙な術名が記された札があった。使いどころの分からないものばかりが目立っている。

白玉と柚枝なら……と希望を抱きながら確認してみれば、『毛玉への変化』と『たんぽぽ』の札が出てきた。

「柚枝様のは何となく分かりますけど、白玉のこれは一体……？」

「そうですね。先ほど使ってみましたが、全身が真っ白な毛で覆われて文字通り毛玉のようになりました。しかも熱や寒さを凌ぐ力を秘めているようです」

「えぇ……」

弥虚からにこやかに説明され、見初は複雑な気持ちになった。どうせならこの先のことを考えると、治癒能力のほうがよかった気がするのだ。

「海帆様もそう仰っていましたが、白玉様曰く『怪我人か病人がいないと力を使えない』そうです」

「ぷ、ぷぅ」

白玉も悪いと思っているのか、弥虚と視線を合わせようとしない。

「……でも本人が満足しているみたいだから、それでいいんじゃないか？」

「そうですね……」

冬緒の言葉に見初もほっと安堵するように笑う。……と、誰かを探すように周囲を見回し始める。

「時町？」

「海帆さんがいないなぁと。弥虚様のことずっと気にかけてたのに、こんな時にいないなんて……」

バーの開店まではまだ時間がある。見初の言葉に気が付いて、冬緒も小さな疑問に眉を顰めた時だった。

急に弥虚が目を見開いた。

「この気配……まさか……」

「あっ、弥虚様!? これから晩ごはんが……！」

慌ただしくホールから飛び出した弥虚を見初が呼び止めようとするが、その声は届いていないようだった。

「おい……放せ！　放せこの馬鹿！」

その頃、薄闇に染まった土手に海帆の怒号が響いていた。

しかし彼女を担いでいる禿頭の妖怪と、その前を歩く優男のような風貌をした妖怪がそれを聞き入れることはなかった。それどころか、「うるさいねぇ」と笑いながら咎めるのだった。

「そなたは弥虚を誘き寄せるための人質。あんなものを心配するなんて物好きな人間だと思っていたが、利用価値は大いにある。存分に使わせてもらうよ」

優男風の妖怪がそう言って目を細めると、禿頭の妖怪が同意するように首を縦に振った。

「流石は乏の親分！　最高の作戦だ！」

「ふふ、そんなふうに褒められると照れる」

乏と呼ばれた妖怪は上機嫌に笑っている。それを見て海帆は、げんなりと溜め息をついて言葉を零した。

「最高の作戦って私を攫っただけだろ……？」

「そこ、うるさいよ。私の炎に焼き尽くされたいのかい？」

乏の右手から青い炎がぼう、と現れた。煌々と燃え盛るそれに、海帆は恐怖よりも疑念を抱いた。

この炎、何か妙な感じがするような……。

思考を巡らせる海帆を怖がっていると勘違いしたのか、禿頭の妖怪がニヤリと笑う。

「ひっひっひ。人間でも、親分の炎が特別なものだと感じるな？　なんたってそいつは神サマの術で出したもんだ」

「神様の？　けど、お前らどう見ても妖怪じゃ……」

「もらったんだよ、弥虚の奴からなぁ！」

禿頭の妖怪が嘲るような口調で言った途端、海帆は頭に血が上って行くのを感じた。

「お前らが弥虚から術を奪った奴らか！」

「奪ったなんて人聞きの悪い。それにもらったのは私たちだけじゃないよ」

「こんの腹立つ……！」

今すぐぶん殴りたい。海帆はぎりりと奥歯を噛み締めたが実行に移すことは出来なかった。寮からホテルに向かう途中、禿頭の妖怪と出くわして視線が合った途端、体が固まったように動かなくなってしまったのだ。

「俺の影縛りの術にかかった奴は、どんな奴も暫(しばら)く動くことは出来ないんだ。諦めな！」

「それだってどうせ弥虚が持ってた術だろ！　大体、今更弥虚に何の用だよ⁉　あいつはもう神様の術なんて一つも持ってないんだぞ！」

「だけどほら……昼間に妖怪から新しく術を教えてもらって、札に文字が復活していたじゃないか」

乏が舌なめずりをする。彼の企みを瞬時に悟り、海帆の怒りはさらに膨れ上がった。

「ふっざけんな！　それまで奪おうとしてんのかよ！」

「あんな臆病者にたくさん持たせておくのは宝の持ち腐れ。だから私たちがいくつかいただいてあげようと思っているだけで……」

乇は足を止めた。深くなりつつある闇の向こうに誰かが立っている。

「あれは……」

それが今まさに自分たちが狙っている妖怪だと気付き、乇の口角がゆっくりと吊り上がる。

「ああ、会いたかったよ弥虚。早速だが、この人間を返して欲しかったら――」

「黙りなさい。そして今すぐに海帆様を返してもらう……！」

怒りの形相(ぎょうそう)をした弥虚の体から札が次々と現れ、その一枚が紫色に光る。

札に記されているのは『頭の皿投げ』。

頭上に出現した数枚の皿を、乇と禿頭の妖怪に向かって投げ付ける。

それは彼らの顔面に命中した。

「ぐぎゃあっ！」

「ぐぅっ！　お、お前、早く弥虚の動きを止めんだよ！」

「へ、へい！」

乇に命じられた禿頭の妖怪が弥虚の顔を見ると、ちょうど視線が合わさった。

弥虚の動きが瞬時に止まる。だが弥虚の顔に焦りの色はなく、『たんぽぽ』と書かれた札が光った。

「たんぽぽ〜？　何だよその技は！　笑わせやがっ……てぇ⁉」

何かの気配に禿頭の妖怪が背後を振り向くと、そこには彼の背丈よりも遥かに高く、彼の腕よりも遥かに太い茎を持ったたんぽぽが何本も揺らめいていた。

花の部分は何と西瓜ほどの大きさ。

巨大化したたんぽぽの群れが左右に揺れる様は、まるで八つもの頭部を持つ八岐大蛇だ。

禿頭の妖怪は唖然としていたが、鞭のような動きをした茎に弾き飛ばされてしまった。

「ぐぎゃあーっ！」

禿頭の妖怪が宙を舞い、抱えていた海帆もその拍子に手放してしまう。

地面に落ちる。海帆がそう覚悟していると弥虚の体が光り、闇夜の中で輝く白銀の刀へと変化した。

刀身はぐんにゃりと曲がり、体操に使われるリボンのような動きで海帆の体を巻き取ると、ゆっくりと着地させた。

「サンキュー、弥虚！」

「さん、きゅう……ですか？」

「ありがとうってことだよ！　おっ、体も動くようになってる！」

禿頭の妖怪と、彼の術から解放されてはしゃぐ海帆を見て弥虚も口元を緩める。

二人の様子に不機嫌そうに舌打ちしたのは乏だった。自分よりも格下の妖怪に部下をやられたことに我慢ならなかったのだ。

「弱虫のくせに……その人間もろとも黒焦げにしてやろうかねぇ！」

乏の両手から露草色をした炎の塊が現れ、海帆と弥虚目がけて放たれる。

瞬間、青い爆炎が周囲の夜を明るく照らした。

こんなものを防げる方法などあるとは思えない。乏は自らの勝ちを確信し、同時にもっといたぶってやりたかったと残念そうに溜め息をついた。

だが、白煙の中から姿を見せた巨大な白い球体に乏の顔が引き攣る。

「な、なん……」

動物の毛を丸めたような見た目のそれが消えると、中から海帆と弥虚が出て来た。それも無傷で。

「ほ、炎が効かな……まずいっ！」

乏がこの場から逃亡すべく走り出そうとする。青い炎もすっかり消えて闇が戻り始めているせいで彼は気付けずにいた。

空からタライが降ってきていることに。

「逃がしませんよ！」

「あぐっ！」

重量感のあるタライに押し潰され、乏は奇声を上げて倒れ込んだ。

タライが弥虚の姿に戻った後も、乏はうつ伏せのまま起き上がれずにいた。駆け寄った海帆がよく見てみると白目を剥いて泡を吹いている。

「やるじゃん、弥虚」

「いいえ、まだです」

弥虚の視線の先には、こそこそと逃げ出そうとする禿頭の妖怪がいた。

「うぎゃーっ！」

ただし、いつの間にか地面に撒かれていた小豆に足を取られ、盛大に転倒していたが。

「海帆様に危害を加えたこと、謝罪してもらうまでは逃がしません」

「う、ぅっ、どうして……」

意識を取り戻した乏が絞り出すように声を上げる。体を起こすことはまだ出来ないようだが。

「いくら手数が多いとは言え、神術が使える私たちと違ってそなたのはくだらないものばかり……私たちが負けるわけ……」

「そんなの、弥虚の術の使い方が上手かったからだろ」

はっきりと言葉を突き付けたのは海帆だった。

乏は唇を噛み締めながら弥虚を睨み付けたが、やがて力なく項垂れた。

「……私たちの負けさ。術も返すよ」

「え？」

思わぬ申し出に弥虚は目を見張った。

「これが宝の持ち腐れって言うんだね。ふふ、ふふふ……何とも格好の悪い」

「……返していただかなくても結構です」

弥虚は穏やかな声音で拒絶した。驚いた顔で見上げてくる乏を静かに見詰める。

「もうそれらはあなた方の術です。どうか今後も、大事に扱ってください」

その言葉に乏は再び俯く(うつむ)と、小さく唸りながら何度も地面に拳を叩き付けたのだった。

◆◆◆

自分に術を教えてくれた神々に会いに行く。術を勝手に他の妖怪に渡してしまったことを謝るためだ。

以前から考えていたことだった。叱られるのが怖くて今まで出来なかったけれど。

「……それで最初はそのお札をくれた神様のところなんだ。でも、出雲からは結構遠いよ。春になって暖かくなった頃でいいんじゃないの？　神在月(かみありづき)まで待ってれば一気に大勢の神様が大社に来るし……」

「そういうわけにもいきません。自分の足で会いに行かなければ意味がないのです」

「なるほど……じゃあ頑張ってね！」

弥虚に激励の言葉をかけてくれたのは、ほてる櫻葉の近くに棲む妖怪だった。森を歩いている最中に偶然出会ったのだ。

自分の目の前にいるのが弥虚だと分かると、「すごい、本物だ……！」と目を輝かせた。

敵意や悪意は感じられず、尊敬の念が窺（うかが）えた。

それが不思議で、聞いてみれば妖怪は笑いながらこう言った。

「だって、弥虚様はたくさんの神から術をもらったんだろ？　それだけ神に認められたってことだ。何だか格好いいぞ！」

「そうですか……」

「何だ、その意外そうな顔。確かに弥虚様を妬（ねた）んでいる奴は多いけど、同じくらい憧れている奴も多いんだぞ。話しかけようとするとすぐに逃げられてしまうって言われてもいるけど」

それはみんなに嫌な言葉をかけられるのが怖かったからだ。だがそのせいで、自分に純粋な好意を持ってくれる妖怪に気付けずにいた。

「また出雲に来いよ～！」

「ええ、必ず！」

妖怪と別れて暫く経ってから休憩することにした。

切り株に腰を下ろす。昨晩降った雪のせいで森の中はうっすらと白に染まっていた。喉を潤すために飲んだ水がひんやりと冷たい。

「……そろそろ食べましょう」

持っていた風呂敷を開けると、中には海苔が巻かれたおにぎりが三つ。それと黒いものがぎっしり詰まった透明な小瓶。

ほてる櫻葉を去る間際、海帆がくれたものだ。

おにぎりを頬張ると、海苔の下からほんのり塩味のする白米が現れる。さらに二口目には焼いた鮭の切り身が出て来た。塩で味付けしているだけだが米によく合う。

一個目をあっという間に食べ終えて二個目。今度は、綺麗な朱色をした小さい玉がたくさん入っていた。鮭の卵を味付けしたものらしいのだが、ぶちっと歯で潰すと旨みが溢れる。

そして最後のおにぎり。中に潜んでいたのは昆布の佃煮だった。瓶の中身と同じものである。

口に入れた瞬間はしょっぱさを感じ、咀嚼（そしゃく）するうちに昆布の風味が口の中に広がっていく。

「これが一番美味しい……」

小瓶に入った佃煮を見て弥虚は微笑んだ。

海帆曰く、これのおかげで妖怪たちに術を教えてもらおうという案を思い付いたらしい。

『出汁を取ったあとも醤油とか味醂（みりん）で味付けしてやれば、まだまだ美味しく食べられんの。

面白いだろ？　空っぽの弥虚の札も新しい術を書き込んで使えないかなって思ったんだ』

海帆はそう言って笑っていた。

……この札を授けてくれた神がそんなことを聞いたら、「干し昆布と一緒にするな！」と怒りそうだが。

だが自分自身のようだと弥虚には思えた。

「私は一度、何もかも失ってしまったが、それ以上にたくさんのものを手に入れることが出来た……」

そして新しい自分に生まれ変われた。

休憩を終えて弥虚は再び歩き出す。

道中で新たな友と出会えることを夢見ながら。

第三話　サイクル・トラブル・フォーリング

「あのぉ、あなたにお願いがあるんですけどいいですかぁ？」

「ちょっとだけでもいいのでぇ」

　終業時間を迎え、残業することもなく事務室から出た慧を待ち構えていたのは口以外顔のパーツがない女妖怪の集団だった。口から覗く歯は真っ黒に塗られていた。お歯黒というものである。

　慧にとって妖怪は昔から身近な存在だ。神出鬼没な彼らと突然出くわしても特に驚かない。

　しかし不良にカツアゲされる中年の如く、円を描くように囲まれると恐怖を感じる。

「ど、どのようなご用件でしょうか？」

「これぇ、ホテルに貼って欲しいんですよぉ」

　妖怪の一人が差し出したのは、筒状に丸めた大きめの紙だった。

「中身を拝見してもよろしいですか？」

「はぁい。むしろ見て欲しいくらいですぅ」

　と言われたので、紙を広げて見る。

紙一面に『柳村様不暗苦羅無募集のお知らせ』とでかでかと黒字で書かれていた。

ファンクラブと書きたかったと思われる。

どのような漢字を使えばいいのか分からなかったので、当て字でどうにか乗り切ろうとしたのだろう。しかし不穏な文字ばかりチョイスしているためか、暴走族の勧誘チラシに見えなくもない。右上に描かれた入れ歯の絵も不気味さに拍車をかけている。

「私ら、ここで働いてる柳村様を応援する活動をしているんですけどぉ、新人を集めたいと思ってるんですよぉ」

「柳村さんってとっても綺麗な歯並びしていて、素敵じゃないですかぁ～。ほらほら、この入れ歯の絵。柳村さんの歯を参考にして描いてみたんですぅ」

「私たち以外にも柳村さんのことを大好きな妖怪はたくさんいると思いますのでぇ。よろしくお願いしま～す」

にたぁ……と妖怪たちの口が一斉に弧を描く。黒々と塗られた前歯に、深淵の闇を感じた慧の口からヒュッと変な音の息が漏れた。

「ではでは、失礼しましたぁ～」

用事は済んだと、妖怪たちがぞろぞろと立ち去っていく。

事務室の前に残されたのは慧とポスター。そして離れた場所からこっそり様子を窺っていた永遠子だった。

「そういう活動のポスターは貼ってもいいんだけど、ちょっと怖いから貼る場所をちゃんと考えないといけないわねぇ……」

怖いというより禍々しいの域に達しているのだが、永遠子に動揺は見られない。ポスターをどこに貼るかに頭を悩ませているようだった。

慣れを感じる。

「……よくあるんですか？　こういうの」

「ええ。経理や事務担当のところにお願いしに来るの。それに柳村さんってラブレターもよくもらっているのよ。人間で同じ年頃のおばあさまからデートのお誘い受けたこともあったし」

「は、はぁ……総支配人って結構人気がある方なんですね」

てっきり女性人気は冬緒が圧倒的で、そういった手紙も彼がたくさん受け取っているものだと思っていた。

「うーん、以前は冬ちゃんも時々ラブレターをもらってたんだけど……見初ちゃんが来て少し経ってからはなくなったわね」

最初は「恋には障害がつきもの」と果敢に冬緒にアタックを試みる強者がいたようだが、恋の波動に目覚めた冬緒の眼中に入らなかったらしい。

見初と冬緒が微妙な関係だとは、ホテル櫻葉に勤め始めてからすぐに聞かされた。かなりの時間を要したが、先日いい感じに収まったという。

見初と出会ったばかりの時、緋菊と恋人同士だと勘違いしていたことなど口が裂けても言えない。

まあそんな冬緒以外だと、やはり柳村に人気が集中しているようだ。

「ちなみに女神様たちの間でも柳村さんのファンクラブが作られてるのよ」

そんなものまで。慧は衝撃を覚えるとともに、「分かる気がするぞ」と納得もしていた。

慧から見ても柳村は魅力的な人物だ。まだこのホテルに就職してから半年も経っていないのだが、その人となりはよく理解している。

ホテル櫻葉全体を把握しており、大きな問題が発生した場合は従業員たちに的確な指示を出す。

先日問題のある客から不当なクレームを受けた際には、自分が率先してその対応を行っていた。おかげで被害も最小限で済んだのだ。

そして誰に対しても温厚に接する紳士的な性格。人間、人外問わず人気が高いのも頷ける。

神からしてみれば、人間の年齢など大した問題ではない。

たとえ年老いていても、気に入った人間をいつまでも側に置いておくために永遠の命を与えて繋ぎ留めればいい。そんな利己的な考えを持つ神だっている。かつて同じ存在だった慧には、彼らの心理がよく分かる。人間に生まれ変わった今は、賛同も理解も出来ないが。

そんなわけで、どこからどう見ても完璧人間の柳村に好感情を抱く者は多い。冬緒なんて「将来は柳村さんみたいな人になりたい」と豪語しているのを聞いたことがある。

きっと冬緒と同じ陰陽師なのだろう。普段はそういう素振りを見せたことがないが、何となくそういう『人間』の空気を纏っている。きっと向こうも、慧が慧として生まれる前は何者だったのか勘付いているに違いない。

だからだろう、正直慧は柳村を苦手に感じていた。何も事情を話していないのに見透かされている気がするのは、心地が悪い。柳村はちっとも悪くないのだが。

なので歯黒妖怪から託されたポスターを柳村に見せに行ったら、すぐに立ち去るつもりだった。

「橘花君に一つお願いがあるのですが、よろしいでしょうか？」

ポスターを受け取った柳村に引き留められて慧は身構えた。過去について根掘り葉掘り聞かれたりしないだろうか……。

しかし柳村の『お願い』は意外な内容だった。

「橘花君は自転車をお持ちでしたよね？　それを貸していただきたいのです」

「それは構いませんが……何かありましたか？」

慧は運転免許を所有していない。前の職場は免許が必須ではなかったし、取る必要もないと思って遠出する時は自転車やバスで済ませていた。

「最近運動不足でして。この歳で激しく体を動かすのは難しいと思っていたら、自転車を漕ぐだけでも運動になるとテレビ出演されたお医者様が仰っていたのです」

「ああ、そういうことでしたか」

理由を聞いて慧はほっこりした気分になった。

どこか得体が知れないと思っていた人物も、自分と同じ人間だと感じることが出来たからだ。

一方的に作っていた柳村との距離感が縮まった気がして、慧は「どうぞ。好きなだけ乗ってください」と快く了承した。

了承してしまった。

「あれ、柳村さんがいない……」
夜、柳村の自室の前で見初は首を傾げていた。明日チェックイン予定の客について確認したいことがあったのだが、まだホテルで仕事をしているのだろうか。

時間を置いてからもう一度訪ねよう。そう思って自分の部屋に戻ろうとした時だった。

ガシャンッ！

外から大きな音がした。それから「もっと力を抜いてください」と指導する声。慧のものだった。

何事。寮を出て様子を見に行くと、駐車場の車が停まっていない一帯で自転車に跨る柳村の姿があった。しかもばっちりスーツ姿。

外灯の光がスポットライトのように柳村を照らし、神々しさを醸し出していた。自転車に乗っているだけなのに。

外灯の傍らには慧が佇んでいた。何やら心細そうな表情をしている。

一体何が始まるのだろう。見初が見守る中、柳村は笑顔でペダルを漕ぎ始めた。

「おっとっと」

ガシャンッ！

数メートルどころか数センチも進むことなく柳村は転倒し、先程聞いた音が駐車場に響き渡る。

「総支配人！」

慧の悲痛な呼び声も響き渡った。

見初も様子見をやめて柳村に駆け寄った。何か危ない転び方をしていたように見える。

「柳村さん怪我してないですか⁉」

「おや時町さん。恥ずかしいところを見られてしまいましたね」

柳村はケロッとした様子で、自転車のハンドルを持って立ち上がった。柳村も自転車も無事である。

「と、時町さん、たすけ……何でもない」

にも拘わらず、慧が「助けて」と言いかけた。

困っている新人を放って寮に戻るわけにいかず、見初は「何があったんですか？」と二人に尋ねた。

「運動不足解消のために橘花君に自転車を貸してもらっていましてね」

ニコニコ笑顔で柳村が簡単に経緯を説明する。おおよその見当はついているが。

「そうしたら忘れていたんですよ」

自転車の乗り方を？

「私、そもそも自転車に乗れませんでした」

「結構大事なことじゃないですか！」

波乱万丈な人生を送って来た柳村である。忘れてしまいたい過去も、忘れてしまった出来事もあるだろう。

だが自転車に乗れるか乗れないかの記憶は忘れてはならない。日々の生活に関わる。

「柳村さん、一度も乗ったことないんですか？」

「そうですね。車か徒歩での移動が殆どでした。だから人生初の自転車に挑戦しているのですが……」

柳村が再度ペダルを漕ごうとする。その途端、自転車ごと大きく右に傾いたので、ちょうど右側にいた見初が支えてあげた。

これは正真正銘、自転車に初めて挑戦した人間の乗り方である。

「何回試してもまったく上達しないのです。困りましたねぇ」

しかも戦いの中での成長が見られない。

自転車乗りというのは徐々に経験値を積み上げていくものだが、柳村の場合ただ失敗して終わっているのだろう。

柳村さんにも苦手なものがあるんだなぁ……なんて呑気に考えている場合ではない。困っているのは自転車に乗れない柳村だけではない。その自転車の持ち主である慧もだった。

「た、橘花さん、自転車が壊れちゃうんじゃ……？」

「いいや、もう十回くらい転んでいるけど、自転車に傷が付かないような転び方しているんだ」

乗り方よりもそっちを先にマスターしてどうする。見初は心の中でツッコんだ。

「ガシャンッ！」と派手な音を立てて愛車が倒れる様を何度も見続けるのは辛そうだ。しかも自分ではなく、上司とはいえ他人の過失で損傷する可能性があるのだ。見初だったらどんな顔をして見守ればいいか分からない。

「それに俺が総支配人に言ったからね。乗れるようになるまで、好きなだけ練習してくださいって」

「そんな……」

無謀すぎる。

「総支配人は俺を頼ってくれたんだ。だから出来るだけ力になってあげたいなぁって」

慧はそう言っているが、自転車のほうはどうだろうか。見初がちらりと見下ろすと前輪から「もう付き合いきれねぇ」と声が聞こえてくるようである。

柳村が乗りこなせるようになるより先に、自転車がご臨終する可能性は大いに有り得る。そうなれば慧も柳村も悲しむことになる。

「柳村さんが自転車に乗れるようにお手伝いします！」

最悪の事態を回避するため、見初も協力することにした。

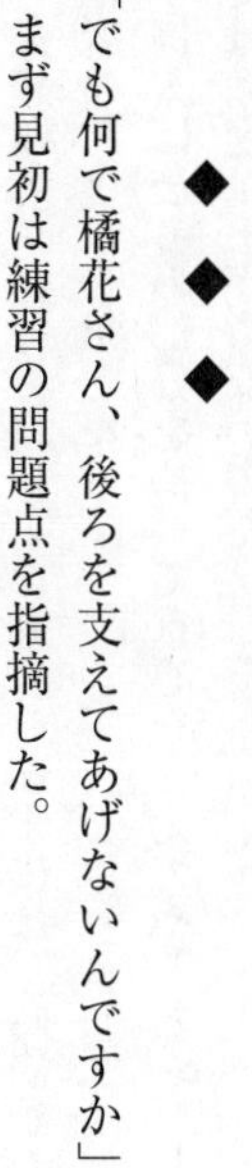

「でも何で橘花さん、後ろを支えてあげないんですか」

まず見初は練習の問題点を指摘した。

未経験者が自力で自転車を乗りこなすには、時間がかかる場合がある。そういった時は他者の助けが必須となる。

例えば後ろの部分を持って重心を支えてやるとか。じっと練習風景を見守っているだけでは精度は上がらないのだ。

慧は複雑そうな顔で小さく唸(うな)った。

「俺も最初はそうしてたんだけどねぇ。何か怖くて……」

「そりゃ自分も道連れにされるかもしれない恐怖はあると思いますけど」

柳村に乗れるようになって欲しいと心から願うなら、多少のリスクを背負うべきである。

「とりあえず時町さんも手伝ってみて。そしたら俺の言ってることが分かるよ！」

「わ、分かりました！」

日々ベルガールとして客の荷物を運搬しているのだ。柳村＋自転車の重みを支えられる自信が見初にはあった。

鼻息を荒くして自転車のキャリアを両手で掴む。

「柳村さん、後ろは任せてください！」

「ありがとうございます。では失礼しますね」

柳村がサドルに腰を下ろし、片足をペダルに置く。

そして踏み込もうとした途端、柳村は早くも自転車ごと横転しかけた。

「危ないッ！」

すんでのところで支えたのは慧だった。

一方、発進直前に手を放した見初は顔面蒼白になっていた。

「す、すみません、柳村さん！　何か急に怖くなって……」

柳村が乗った途端、謎の威圧感に襲われて「このままでは危険」とキャリアを放してしまったのだ。

青ざめる見初に慧も渋い表情になる。

「俺もそうだったんだよ。総支配人から今すぐ逃げたいと感じたんだ」

何故に。その原因は本人の口から明かされた。

「申し訳ありません。私の緊張がお二人にも伝わってしまうようですね」

照れ臭そうに頭を掻きながら柳村が言う。

「柳村さんニコニコしてますけど、緊張していたんですか⁉　全然そんな感じしませんけど……」

どちらかと言えば緊張感ではなく殺気に思えたが、その辺りには触れないでおくことにした。

「そんな時に背後に立たれると、無意識に警戒してしまうのかもしれません」

「それは『俺の後ろに立つな』的な……？」

「無理ですね。怖くて柳村さんを手伝えません……」

「お二人に見守ってもらえているだけで、私は嬉しいですよ」

「でも何かいい練習方法がないと、柳村さんだって大変ですし……」

柳村に怯えず、後ろを押さえていてくれそうな人物。

見初が脳内でリストアップしている時だった。

「んん？　鈴娘と柳村か？　こんな時間に何やってんだ……」

ただいまホテル櫻葉に宿泊中の緋菊が通りかかった。夜の散歩に出かけようとしていたらしい。訝しげな視線を見初たちに向けている。

「緋菊さん、ちょうどいいところに！」

見初は緋菊の腕を掴んだあとに、歓喜の声を上げた。逃げられないようにするためだ。

風呂上がりなのか、緋菊の体はほかほかしていた。

「な、何だ何だ⁉　何か嫌な予感がすんのは気のせいか⁉」

「気のせいですよ！　橘花さん反対の腕押さえててください！」

「申し訳ありません、緋菊さん。あなたは何も悪くないんです」

「説明しろ！」

色々と付き合いの長い見初はともかく、呪いの件で世話になった慧は緋菊を巻き込むことに抵抗があったが、四の五の言っていられない。

見初と慧が事情を説明すると、緋菊は渋々ながらキャリアを押さえる任を引き受けてくれた。優しい天狗である。

「おーし、いつでもいいぜ」

「それではいきますね、緋菊君」

ぐっ……と柳村がペダルを踏み込み、自転車は前に進み始めた。

「は、走れてます！　柳村さん走れてますよ……！」

「その調子です、総支配人！」

見初も慧も、よちよち歩きが出来るようになった子供並みに柳村を褒める。ぎこちない動きで緋菊の補助付きではあるが、先程に比べて大きな進歩だ。

「んだよ、ちゃんと漕げてんじゃねえか」

「そのようですね。コツが掴めてきました」

「………」

緋菊が何も言わずにキャリアからそっと手を放す。

ガシャンッ！

数分ぶりにあの音が駐車場に響いた。

「緋菊さん‼」

見初は本気で怒った。いい調子だったのにどうして途中で強制的に自立させようとしたのだ、この人は。

「だってこいつ、普通に漕げてるぞ。私の補助なしで十分にいけんだろ」

「いけないから練習してるんです」

同意見だと頷きつつ、慧は自転車の右グリップに熱い眼差しを送っている。今のガシャンッ！ でその部分を地面に強打していたからだ。

「そうですねぇ……どうやら緋菊君が支えてくれているという安心感がなくなると、不安と緊張で頭がいっぱいになってしまうようです」

柳村は珍しく思い詰めた表情で言った。自己分析だけは完璧である。

「うーん……別に自転車乗れなくてもいいんじゃねえ？」

緋菊が涼しい顔で匙を投げた。

「ちょ、ちょっと緋菊さん！　柳村さんを見捨てないでくださいよ！」

「だってこいつ車運転出来るだろ。大型特殊自動車免許も持ってるし」

「総支配人そんなの持っているんですか……？」

「お恥ずかしながら。ホテル業で使う機会はありませんがね」

柳村の秘密が新たに発覚したが、『自転車に乗れない』という問題の解決にはならない。

妖怪の口から飛び出した大型特殊自動車免許という単語に違和感を持っている場合では

ない。このままでは緋菊がホテルに戻ってしまう。この場に若者二人だけ残されても困るのだ。

「緊張……緊張～……しないでいいですよって言われると余計するものですからね」

「総支配人が別なことにその緊張を向けてくれれば、意識しすぎないで自転車に乗れるんじゃないかな」

「お、そりゃいいかもな」

慧のアイディアに緋菊が食い付く。

「でも別なことって……緋菊さん何かあります？」

「そうだな……」

緋菊は腕を組んで悩み始めた。見初たちも同じポーズで思考を働かせる。

「ぽ～んぽぽんぽ～ん」

一同の耳に気の抜ける歌声が届いた。彼らの視線の先で一匹の狸が小躍りしている。

「寮にあった干し芋をいっぱい食べすぎたオイラは～友達の妖怪から『風来(ふうらい)の腹回り、いとヤバし』って言われたのさ～。だからダイエットをするのさ～ぽんぽこぽーん、ぽんぽこぽーん、コレステロールすぐ捨てろーる～」

哀愁(あいしゅう)漂う歌を熱唱する風来を見初たちは無言で見ていた。

最初に動いたのは緋菊だ。気配を消して風来の背後に回り込み、もふもふの頭を鷲掴(わしづか)みにした。

「嫌だよぉぉぉっ、オイラまだ死にたくないよぉぉぉっ！」

自転車の籠に押し込まれた風来の絶叫が夜空に響き渡る。

「風来君が乗っていると思うと、何だか和みますねぇ」

傍から見ればぬいぐるみが籠に入っているような光景である。終始笑顔なので一見分かりにくいが、緋菊曰く柳村も随分とリラックスしているらしい。

だが見初には大きな懸念があった。

「柳村さんが転んだら風来も危ないですよ⁉」

激しい音を立てるわりに無傷で済んでいる柳村だが、風来も無事である保証はない。思い切り転んだ拍子に、籠からスポーンと飛んで行ってしまう恐れがあった。

「心配すんな。ヤバくなったら助けに行く」

「は、はあ……」

風来は風来で半泣きになりながら、柳村に「何かあったら労災下りる……？」と聞いている。「労働時間外なので難しいかもしれませんねぇ」と柳村は答え、練習を再開した。

その様子を見て緋菊が一言。

「……上手くなってるな」

まだぎこちなさは残っているものの、緋菊の手助けなしでも柳村は自転車を漕げるようになっていた。にこやかに走行している。風来はじっと時間がすぎるのを待っているようだが。

「どうでしょう？　自分でもいい調子だと思うのですが……」

「いい調子ですよ、柳村さん！　スイスイ進むようになってきてます！」

このままなら風来が飛んで行くこともなさそうだ。見初がほっと安堵していた時だった。

「あんたたち、ほてるで働いてる奴らか⁉」

小柄な妖怪が柳村の前方に飛び出して来た。

「こんばんは。何かありましたか？」

にこやかに柳村が尋ねたが、おっとりとした口調とは裏腹にギリギリのところでブレーキを止めていた。

「それが裏山で妖怪同士が喧嘩をしているんだ。最初はただの口論だったんだが、段々激しくなってきて今にも暴れ出しそうな勢いなんだ」

「おや……それは大変ですねぇ」

「しかもそいつらどっちも力が強いから、おれたちじゃ怖くて止められないんだよ。何とかしてくれないかな？」

妖怪の話に見初は緋菊と視線を合わせた。

「その妖怪たちが暴れ出したら、ホテルにも被害が出るかもしれませんね」

「そうだな。山から漂って来る気配からするに、私からしてみれば雑魚のもんだ。私が止めて来てやるよ」

「ありがとうございます、緋菊さ……」

瞬間、ビュンッと風切り音がした。

柳村が自転車で裏山へ走り出したのだ。今までのよろよろのろのろ運転は何だったのか。一切の迷いもなくまっすぐ突き進んでいく。

その光景に見初たちは呆然としていたが、慧が「あっ」と声を上げた。

「風来君が籠に入ったままなんじゃないの⁉」

「ええっ⁉」

自転車が消えた方向から「助けてぇぇ」と風来の悲鳴が聞こえるが、徐々に遠ざかって行く。

見初は緋菊の背中をバシバシと叩いた。

「風来が！　緋菊さん助けに行ってください！　早く！」

「お、おう」

見初に急かされ、背中から翼を生やした緋菊も裏山へ向かう。

　上空から山を見下ろすと、猛スピードで山道を駆け登って行く自転車を発見した。素人の乗りこなしではない。

　そして互いに睨み合う大柄の妖怪二名の下へ辿り着こうとしていた。

「やんのかコラァ！」

「ああ？　おめえやんのかコラァ！」

「そっちこそやんのかコラァ！」

「上等だぁ、やっちまうぞコラァ！」

　語彙力のない口論を繰り返していたが、ついに実力行使に出ることにしたらしい。

　拳を握り締める両者に周囲にいた妖怪たちがあわあわ……と狼狽えていると、何かがシュッと上空に現れた。

「あ、あれは！」

　自転車で空高く飛翔した柳村だ。その場にいた全員の視線が闖入者に釘付けとなる。

「お二人とも落ち着いてくださいね」

　喧嘩をしていた妖怪たちに放たれる札。それが彼らの額に貼り付くと、どちらも白目を剥いてその場に倒れてしまった。

「喧嘩はやめましょう。皆様が困ってしまいますからね」

　自転車に乗ったまま気絶した妖怪二名を見下ろし、柳村は優雅に微笑んだ。籠の中にいた風来は気を失っていた。

陰陽師らしき人間が変な乗り物で駆け付けて来た。その状況に妖怪たちが困惑する中、柳村は「ではお邪魔しました」と言って下山した。自転車から降りて押して行きながら。

その途中で合流した見初と慧は、柳村から一部始終を聞かされた。

ちなみに緋菊は柳村の暴れぶりに「見てるだけで疲れたから帰るわ」と言って、ホテルに戻って行った。

「す、すごいですね、柳村さん……」

「早く喧嘩を止めようと考えていたら、自然に乗ることが出来ました。橘花君と時町さん、それに風来君にはたくさんご迷惑をおかけしてしまいましたね」

「いえ、私と橘花さんは迷惑をかけられたと思ってませんよ」

そう見初と慧は。

風来はどうだろう。ダイエットのために散歩しに出たがために籠に乗せられ、絶叫マシン並の恐怖体験を味わう羽目になったのである。

あとで美味しいものを食べさせてあげよう。見初は風来を回収しながらそう思った。

数日後、慧はホテル櫻葉の広報コーナーを通りかかった。

するると、あのお歯黒妖怪集団から預かった宣伝ポスターも隅っこに貼られていた。端のほうとはいえ、こんなものを貼っていたら人間の客が不気味がるのでは。そんな不安が彗にはあったが、このポスターには柳村が術をかけており人間の目には映らないように誤魔化していいるらしい。

やはりあの人はすごい人物のようだ。改めてそのことを実感しながら広報コーナーを通りすぎようとした時、柳村が正面から歩いてやって来た。

「私のファンクラブがあるなんてありがたいと思いつつ、申し訳なくも感じます」

「何故ですか？」

「私は本来皆さんに慕われるような人間ではないですからねぇ」

こないだの自転車騒動のことをまだ反省しているのかと思ったが、その横顔を見て「違うな」と直感した。

彼も人に言えないような過去を持っているのだろう。

「それはさておき……橘花君、君のおかげで自転車に乗れるようになりました。ありがとうございます」

「い、いいえ、俺はただ自転車を貸しただけです……」

「そんな謙遜なさらずに。君とたくさん話をする機会が出来て嬉しいとも思っていましたので」

「俺も総支配人のことを色々と知ることが出来ました」

本心から出た言葉だった。柳村が嬉しそうに頷く。

「橘花君、よかったら今度二人でサイクリングに出かけませんか?」

「サイクリングですか……」

「私は火々知さんから自転車を借りてきますので」

その様子を思い浮かべ、慧はにっこりと笑い、返答した。

「柳村さん、ウォーキングも楽しいですよ」

自転車より徒歩。

スタントマンも真っ青のドライブテクを披露した男と並走する勇気など慧にはなかった。

第四話　想いを届けて

病院、とは嫌な場所だと希郷はよく思っている。

どこもかしこも白い建物で、寝台も白ければ医者や医者の手伝いをする者たちも白い服を着ている。

白はあまり好きではない。寒いばかりの冬を連想する。

冬は嫌いだ。冬になると寒さで主が体調を崩しやすいから。そうなると屋敷中が騒がしくなる。鬱陶しい。

けれど病院が嫌だと思う理由はそれだけではない。匂いだ。様々な薬の匂いに混じって鼻腔に入り込むのだ。

死の匂いが。

「明日は晴れるかな……」

「さあな。天気予報？　ってやつで晴れるとか言ってたが、信用ならねぇ」

主の一人言に今朝見たニュースとやらの内容を思い出しつつ答えた。あんなもの、あまり当てに出来るものでもない。雨は降らないと言っていたので信じて外に出て、大雨に見舞われた苦い記憶がある。

窓から見える空は雲に覆われて真っ白だ。太陽が今どの辺りにいるのかも分からない。

これで明日は晴れると言われて、誰が信じると言うのか。

「あと何回晴れている空が見られるかしら。出来ればたくさん見ておきたいのだけれど」

「……一万回」

「それは多すぎ」

おかしそうに笑う主に馬鹿にされた気がして、希郷は目を吊り上げて反論した。

「何言ってんだ、馬鹿。一万でも少ないくらいだ。百万を目指せ、百万を」

突き放すように言ったのに主は嬉しそうに目を細めた。気遣われていると思われたのだろうか。それは心外だった。

「お前は俺の主だ。そんなに若いのにお前にくたばられたら、俺も役目を失って消えることになっちまう」

「私がいなくなったらその時は姉さんが……」

「あのな！　俺は他の奴に鞍替え(くらがえ)するつもりはねえぞ！」

「はいはい。それに私だって少しでも長く生きたいと思っているの。……まだあれを渡せていないんだもの」

『あれ』と言われて近頃、主が慣れない手付きで針仕事をしていることを思い出す。そのせいで指には絆創膏(ばんそうこう)が何枚も貼られている。

こんなことなら幼い頃からもっと練習をしていればよかったのだ。入院生活でいくら暇な時間が多いとは言え、『その時』がいつ来るのかも分からない。今更練習をしている場合ではなかった。

「とっとと完成させちまえ。そんであいつに渡せ」

「分かってます。……ねえ希郷」

「あ？」

「あなたは私のこと、応援してくれる？」

「そんなもん、言わなくても分かるだろ」

「うん……」

主のために動くのが自分たちの役目だ。

主の幸せを願うのが自分たちの役割だ。

主の笑顔を守るのが自分たちの使命だ。

だから希郷はここにいる。

「ありがとう」

礼を言われる筋合いなんてない。

どうせなら「この役立たず」と罵(ののし)ってくれたほうがどんなによかったか。

「斐伊川(ひいかわ)さん、お見舞いの方が来ていますよ」

看護師の声のあと、病室に入って来たのは若い男だった。主の顔を見た途端、目元を柔らかくする。何とも分かりやすいものだ。

お邪魔にならないように廊下に出ていく。

暫く病室には戻らないほうがいいだろう。暇なので散歩に行くことにした。

病院を出て外の空気を吸い込むと、仄かに花の香りが混じっている。

桜の匂いだ。毎年春の初めに咲く薄紅色の花。

しかし見に行きたいとは思わなかった。

一人では意味がないのだ。

◆◆◆

「椿木さん、大事件が起こりました」

見初が深刻そうな面持ちで冬緒にそう告げたのは、平和な朝食のさなかだった。箸の動きもぴたりと止まっている。

「ど、どうした時町。具合が悪いのか？」

「ぷぅぅ⁉」

見初の異変に冬緒だけではなく、のんびり人参の葉を食べていた白玉も心配そうにしている。

彼らの視線を一身に受けながら、見初は事件の概要を語った。

「今日の豆腐、今まで生きてきた中で一番美味しいです」

「お前そんなことで……？」

「いいから食べてみてください！　出来れば何もかけないでそのまま！」

「はい……」

見初に急かされ、冬緒はまだ手を付けていなかった冷ややっこをそのまま箸で割って口に運んでみた。

そして目を大きく見張った。

「うわ、何だこれ」

「すごいですよね？　大事件ですよね⁉」

見初ははしゃぎ、味を再確認するかのようにまた豆腐に手を付けた。もちろん、何も付けずにだ。

つるりと滑らかな食感。舌で潰すと溢れる濃厚な豆の味。薬味どころか醤油さえ垂らしていないのに、このままでも十分美味しい。というより、これは何も付けずに食べるのが一番適している。

木綿のような味の濃さと、絹ごしの滑らかさ。

それぞれの利点を両立させた豆腐に驚いているのは見初と冬緒だけではなかった。

他のテーブルからも「豆腐が美味い」、「そのまま食べるべき」と声が上がっている。

「ぐぬぬ……この豆腐は何なのだ。これで豆腐アイスを作れば相当美味なものとなるぞ！ そこにワインで作ったソースを垂らせば……」

凶悪な表情でぶつぶつ呟いているのは火々知（かがち）。

「うひょひょ～、この豆腐で油揚げを作ってもらえば神の食べ物となりますぞ～。うひょひょ～」

「雷訪（らいほう）がおかしくなっちゃったよ⁉ 何で⁉」

極上の油揚げを想像するあまり自分を見失い、風来（ふうらい）にドン引きされているのは雷訪だった。油揚げは絹ごしではなく木綿豆腐で作るのだが、そのことに気付いていない。

「雷訪何だか狐憑（つ）きに遭（あ）ったみたいになってますね。顔もそれっぽく……」

「まあ元々狐だし……」

雷訪の豹変（ひょうへん）ぶりに、豆腐の美味しさから我に返った見初と冬緒が小声で会話をしている時だった。

「見初ちゃんと冬ちゃんもお豆腐食べたのね」

先に食事を終えた永遠子（とわこ）に声をかけられた。

「はい、食べました！ いつものよりとっても美味しく感じましたよ！」

「そう言ってもらえると桃山（ももやま）さんも喜ぶと思うわ」

「ん？　ちょっと待ってくれ永遠子さん。そこで桃山さんの名前を出すってことは……」

「今日の豆腐は桃山さんの手作りよ」

やっぱりと、見初と冬緒は顔を見合わせて同じことを思った。これだけ美味しいのだから、何か秘密があると予想はしていたのだ。

そして最も有力な候補が『桃山の手作り』だった。

その予想が的中したことと、こんなに美味しい豆腐が毎日食べられることに見初は喜んでいた。雷訪のように奇妙な笑い声が出そうになる。

しかし永遠子の次の一言により、見初は愕然とした。

「今日だけの特別メニューなの！」

「今日……だけ？」

「ええ。夜はあんかけ豆腐が出てくるからよく味わって食べてね」

「わあっ、美味しそうです……」

しかしあんかけ豆腐だけではこの悲しみを癒し切れない。見兼ねた冬緒に肩を、白玉に背中を優しく叩かれた。

永遠子も見初の心情を察してか、にこやかな表情から困った笑顔に変わる。

「そ、それで見初ちゃんには後で話があるんだけどいいかしら？」

「大丈夫ですけど……何かあったんですか？」

「ええ。……ちょっとここじゃ話せないお願いごと」

と言いつつ、あくまで内容を明かそうとしない永遠子に見初はとりあえず頷くしかなかった。

朝食後、見初が呼び出されたのは執務室だった。

そこには永遠子の姿と小さなクーラーボックスがあった。

「それ中身って何ですか？」

「桃山さんの手作り豆腐。これを今から言う神社まで届けて欲しいの」

「それはいいですけど……」

神社で欲しがるほど桃山の豆腐はレア扱いされているのかと、見初は内心驚いていた。

まあ、あれだけ美味しいのなら当然かもしれないが……。

「ちなみに食用ではないの」

「えっ、もっ……」

勿体（もったい）ないと言いかけて見初は咄嗟（とっさ）に口を噤（つぐ）んだ。

届け先は神社だ。何かの儀式に使うのかもしれないし、事情を知らず一方的に言うべきではない。

「見初ちゃんは『針供養（はりくよう）』って知ってる？」

「確か……古くなった針を豆腐とかこんにゃくにぶすぶす刺すんですよね？」

「そうそう」

　劣化による折れや曲がりなどで使えなくなった裁縫針を豆腐、こんにゃくなどに刺して供養する行事である。柔らかい食べ物がチョイスされている理由は、ずっと酷使され続けた針を「最後は柔らかい場所に刺さって」との優しさらしい。

「この豆腐もその針供養に使うのよ」

「へぇ～……ってあれ？」

　見初は首を捻った。

「針供養ってもう時期がすぎているような……」

　十二月と二月の八日に行うのだと教えられた気がするが、年が明けて二月の八日も先日迎えている。

　見初がやんわりと指摘すると、「見初ちゃん詳しいわね」と驚かれた。

「近頃だと針供養そのものも知らない人が多いのに」

「柚枝様に教えてもらったんです。座敷童時代に針供養を見ていたみたいで」

「そういうことだったのね。確かに通常の針供養は年に二回だけ行うものだけど、今日のは特別な針供養なの」

「特別？」

「斐伊川家って陰陽師の一族があるんだけど、その家はちょっと変わった式神を使役しているの」

永遠子の話によれば、斐伊川家は裁縫針に自らの毛髪を通したものを媒体とし、式神を作成するのだという。

針を核として生まれた式神は知性も高く使い勝手がいいとされるが、針は次第に劣化して錆(さ)びていく。妖怪から攻撃を受けた拍子に、折れたり曲がったりもする。そうなれば式神も力を失い、体を維持することも出来ずただの針に戻る。

そんな式神たちに感謝を込めて、五十年に一度斐伊川家独自の針供養が行われる。

そしてその日が今日だった。

「式神を大事にされている方々なんですね」

「本家が出雲にあって、櫻葉(さくらば)家とも交流のあるお家なのよ。それで今回、豆腐の調達をうちにお願いして来たの」

「どうしてうちなんですか？　桃山さんの豆腐はとっても美味しかったですけど、食べるわけじゃないですし普通の豆腐でもいいような」

「私もそう思ったんだけど、向こうが『人も人でないものも客として迎え入れるあなた方に是非作っていただきたい』って仰ったのよ。そしたら桃山さんも気合い入れて大豆とにがりを用意して……」

桃山さん楽しかっただろうなぁと、見初はご機嫌な様子で豆乳を作る桃山を想像した。

「じゃあ、その特別な針供養する神社に豆腐を届ければいいんですね」

「その通り。ちなみにどこの神社で行うかは、本来斐伊川家でも一部の人間にしか知らされないわ。力を失ったと言っても、式神の核になっていた針をたくさん持ち込むわけだから、悪用されるのを防ぐためね」

そう言われると、今からその場所に行くことにプレッシャーを感じてしまう。

見初が顔を強張らせていると、永遠子が一言。

「桃山さんがお使いのお礼に、豆乳クッキーを焼いてくれるそうよ」

「お任せください！」

見初はクーラーボックスを肩にかけると、得意げな顔でサムズアップした。

本当は柳村が豆腐を届けに行くはずだったのだが、急遽予定が入ってしまい代理を選ぶことになったらしい。
冬緒や火々知も候補に上がっていたのだが、「同業者や妖怪はちょっと」と向こうからNGが出たのだ。柳村は斐伊川家と昔関わったことがあるらしく、その関係で当初は彼が豆腐係だったのである。

ちなみに見初が代理に選ばれた最大の理由は、「妖怪に豆腐を狙われても、きっちり守り抜いてくれそうだから」だった。運び屋として最高の人材にされていたのだ。それを喜ぶべきなのか見初には分からなかった。

指定された神社は裁縫とは無縁のようなところだった。第三者に針供養のことを勘繰られないように、このような神社で行われるらしい。

見初がバスと徒歩で向かうと、鳥居の前で一人の人物が待っていた。

梅の花を鏤めた着物姿の五十代くらいの女性だ。見初と視線が合うと丁寧に頭を下げてくれた。見初もお辞儀をする。

「私は時町見初と申します。この中に針供養で使う豆腐が入っていますので……」

「あんたがホテル櫻葉の人だね？　あたしは斐伊川家四十三代目当主の夏子ってんだ。本日は忙しいのに来てくれて助かったよ！」

「は、はいぃ……」

物静かそうな見た目とは裏腹に元気いっぱいな人のようだ。豪快に笑っている。

「手作りを持って来てくれたんだろ？　急に豆腐を作って欲しいだなんて無理を言って悪かったねぇ」

何でも今回ホテル櫻葉に豆腐を作ってもらおうと言い出したのは夏子の母親、つまり先代当主だったらしい。五十年に一度の針供養。少しでもいい豆腐を用意したいと鼻息を荒くして夏子に語ったそうだ。

夏子は悪いと思っているようだが、見初には夏子の母親の気持ちが分かる気がした。自分たちに仕えてくれた式神のために、出来るだけのことをしてあげたいのだろう。

「そんな謝らないでください。豆腐を作ってくれた人は張り切って作っていたみたいですし、私たちもいつもより美味しい豆腐が食べられて幸せでしたので！」

「ありゃ、そんなに美味しいお豆腐なんだねぇ」

「そりゃあもう！」

「何か勿体ないね」

「うっ……あ、はい……」

全力で同意すべきか見初は迷った。

「あ、時町さん。この後はすぐにホテルに戻るのかい？」

「いえ。午前いっぱいは時間休をもらっています」

なので帰りは散策も兼ねて暫く歩こうと思っていたのだ。

それを聞いた夏子が「だったら……」と神社の方を一瞥（いちべつ）する。

「針供養の様子を見ていく？」

「えっ、見物してもいいんですか？」

極秘で行われる儀式に、赤の他人の自分が立ち会っていいのだろうか。

興味があったので嬉しい話だが、どうしようと迷っていると夏子がこう付け加える。

「あんたのことは柳村さんから話を聞いてるよ。信頼出来る子だって分かってるからね」

「あ、ありがとうございます」

ここはお言葉に甘えさせてもらおう。見初は夏子とともに参道に足を踏み入れた。


てっきり御社殿か境内社でするのかと思っていたが、針供養の舞台は神札やお守りを授与する授与所だった。その一室に通され、待機していた神主へ豆腐を渡した。

「時町さんはこちらの神様を見ることが出来るんだねぇ。大したもんだよ」

夏子にそう訊ねられた。ここの神社に祀られている神と参道で会った際、挨拶していたところを見られていたらしい。

「あまり人間と関わるのが得意ではないようで、陰陽師にも見えないように気配を消していらっしゃるんだよ」

言われてみれば、あの神は見初と視線が合うと会釈しながら恥ずかしそうに御社殿の裏へ走り去ってしまった。

見えていない振りをすればよかったと見初は後悔した。

照明はなく、蝋燭の灯りのみが頼りの薄暗い室内で針供養は始まった。

神主が祝詞を唱える中、正装に着替えた夏子が豆腐に古びた針を一本ずつ刺していく。

針はよく見ると、人間の毛髪が巻き付いたままだ。ああすることで針の中に式神の魂を留めているらしい。

豆腐に刺さった針が一瞬光を帯びると、巻き付いていた毛髪ははらりと外れて豆腐の上に落ちた。

式神が成仏した証だそうなのだが、真っ白な豆腐が人間の髪の毛に覆われていく様は若干ホラーである。それにあんなに美味しい豆腐が……と悲しさを感じてしまう。

だがこの厳かな雰囲気を壊してはならないと、見初が静かに眺め続けていた時だった。

「……ん？」

夏子の動きが止まった。不思議に思った神主が尋ねる。

「如何しました、斐伊川様」

「それが残りの一本だけ刺さらなくて……」

そう答えながら夏子は最後の一本を豆腐に刺そうとするが、豆腐はまるでコンクリートのような硬さで針の侵入を防いでいるようだった。

刺されすぎて豆腐がついに反抗期を迎えた？　見初は夏子と豆腐の戦いを固唾を呑んで見守っていたのだが、よく見ると針が淡く光り、小刻みに震えていることに気付く。

夏子が戦っているのは豆腐ではなく針だった。豆腐などに刺さるものかと抵抗する針を、

　夏子が前屈みになって豆腐に突き刺そうと頑張っている。

「ふんぬ……ぐぐぐ……」

「夏子さん大丈夫ですか⁉」

　まったく大丈夫そうではないのだが、そう聞くことしか出来なかった。

　まだ二月の寒い季節。暖房のない肌寒い室内で夏子は顔を真っ赤に染めて息を荒くしていた。ゼエゼエ言いながら髪の毛と針まみれの豆腐を睨み付けるその様は、何の事情も知らずに見たら黒魔術の儀式と勘違いするかもしれない。

　思わぬアクシデントに見舞われた神主は、祝詞を唱えるのを止めて青ざめていた。

「どうしてっ、この馬鹿だけ刺さんないのかねぇ……！」

　苛立ちのあまり、夏子が悪態をつき始める。見初と出会った時に見せていた上品さは蒸発していた。ちょっと怖い。

「わ、私も手伝いますか？　こう体を押す感じで……」

「頼んだよ！　あたしの力だけじゃ無理だよ、こりゃあ！」

「はい！」

　前屈みのままの夏子の背中に両手を当てて、ぐっぐっと力を入れて押す。夏子の口から「ぐえっ」とアヒルの鳴き声のような声が漏れた。後で謝ろうと見初は思った。

　しかし協力プレイも虚しく針は豆腐に刺さってくれない。初対面同士にしては上手く連携が取れていたはずなのだが、豆腐を拒む強固な意思を崩すには至らなかった。

「ええい、そろそろ折れてくんないかねぇ」

「夏子さん、それ物理的な意味での『折れる』じゃないですよね？」

この針には折れや曲がりは見られず、錆びてもいない。他の針に比べて綺麗な状態で、まだまだ現役としてやっていけそうな雰囲気があるのに供養されそうになっている。

そして夏子の「この馬鹿」呼び。

もしや問題児なのではと見初が疑い始めた頃、ついに本気で怒った夏子が針を壁に向かって投げ付けた。小学校でやったら大目玉を喰らう行為である。

すると針は壁にぶつかる寸前でぴたりと動きを止め、ふわふわと宙に浮かび上がった。

神主が悲鳴を上げて腰を抜かした。ただ式神を供養すれば終わるはずだったのに拒否られたのだ。現在彼の脳内では『悪霊』だの『呪い』だのといった負のワードたちが攪拌されているだろう。

「いい加減にしな、希鄕！　時町さんも困っているじゃないか！」

『うるせぇ、ババア！』

針から反抗期の息子のような台詞が飛び出し、強い閃光を放った。

その眩しさに目を閉じていた見初が恐る恐る瞼を開くと、針が浮いていた場所に三度笠を被った黒い甚平の男が仁王立ちしていた。

しかし異様に目付きが悪い。ボサボサの髪を無造作に後ろで束ねており、両腕を組んだ状態でこちらを睨む姿に素行の悪さを感じた。

「よく聞きやがれ、ババア。俺はまだ成仏する気はねぇぞ」

針から聞こえていた声と同じだ。彼が『希郷』と呼ばれた式神なのだろう。しかし夏子に対する敬意は微塵も感じられない。

それどころか、今にも襲いかかりそうな勢いである。

だが夏子も怯える様子はなく、ダメ息子に手を焼く母親のような面持ちで希郷を睨み返している。

「まったく反省してないね？　大人しくなってるもんだと思っていたけど……」

「うるせぇ。よくも俺を二十年も封印してやがったな！」

「あんたが馬鹿なことをするからじゃないのかい⁉　もうあんたの主はいないんだ。とっとと成仏してくんないと、あたしたちも困るんだよ！」

「ババアどもが困ろうが、俺の知ったこっちゃねぇな。俺はあの病弱女が出来なかったことを代わりにやるだけだ」

「馬鹿言ってんじゃないよ！　あとさっきからあたしをババア呼びすんのはやめな！　一応あんたの主はあたしなんだよ！」

「あ⁉　主ぶって俺に指図してんじゃねぇぞ！」

両者一歩も引く気配がない。壮絶な親子（？）喧嘩に呆然とする見初も、腰を抜かしたままの神主も蚊帳の外で口論がヒートアップしていく。

夏子も希郷もご近所で噂になるほどの声量なのだが、参拝客に聞こえていないかが気がかりである。普通の人間には式神の声は聞こえないだろうから、夏子が一人で喚いているように思われてしまう。それはよくない。

「あ、あの、二人ともちょっと落ち着きましょう？　ね？」

見初が両者の間に割り込むと、「あぁ？」と早速希郷に威嚇された。

「このガキ、ババアの娘……じゃないな？　斐伊川の匂いがしねぇ」

「針供養のための豆腐を持ってきてくださった時町さんだよ」

「初めまして時町と申します……」

「挨拶なんざいるか！　いいか、ガキ。テメェもババアと協力して俺を無理矢理成仏させるか、もう一度封印しようってんなら容赦しね……」

ぱしんっと小気味のいい音が室内に響き渡る。

参道で遭遇した神が希郷の後頭部に平手打ちを喰らわせたのである。軽快な音とは裏腹に、重い一撃だったようで希郷はその場に座り込んでしまった。

「な、何が起きたんだい……？」

「式神が急に大人しくなった……」

神を視認出来ない夏子と神主は何が起きたのか分からないらしい。

「………」

神は見初を見ながら、自分の両耳を手で塞いだ。そして希郷を指差してから部屋の外に指の先を向けた。

「こいつうるさいから、外に連れ出してね」ということだろう。騒がしくしてしまったことを何度も謝りつつ、見初は夏子とともに希郷を授与所から引きずり出した。

◆　◆　◆

「この馬鹿の主は斐伊川里美（さとみ）。あたしの妹で、あたしよりも優れた才能を持つ陰陽師だったんだ」

「だった、ってことは……」

「そうさね。生まれつき重い持病があって二十年前に亡くなってるよ」

神社から離れ、近くの公園に場所を移してから夏子はそう教えてくれた。

ちなみに希郷はベンチに寝そべり、三度笠で顔を隠したまま一言も発していない。ふて腐れて眠ってしまったのかもしれない。

「本来主が死亡した場合、その者に使役していた式神もただの針に戻される。希郷は妹の力で生まれた式神だったんだけど、妹の形見ってことで所有権があたしに譲られてねぇ

「どうしてずっと封印されちゃっていたんですか？」

「……」

傍からみてお世辞にも良好な主従関係とは言えない。こんな感じだったから封印されてしまったのか、長らく封印されていたからここまで険悪になってしまったのか……。

「……里美は大人しくて物静かな性格だったのに、希郷が血の気が多い馬鹿になってしまったのは斐伊川家最大の謎だよ」

どうやら元々あのような態度だったらしい。

夏子が溜め息をついていると、希郷がぼそっと呟いた。

「ババアに似たんだろ……」

「あたしとあんたのどこが似てるって？」

夏子が三度笠を取り上げると、不快そうな希郷の表情があった。まったく敵意が薄れていない。

「……とまあ、当主のあたしにもこんな態度を取り続けててね。ついに事件を引き起こしてしまったんだ」

「ど、どんな事件ですか？」

「うちと縁のある、とある神社の跡取り息子のところに殴り込みに行った」

「結構な大事じゃないですか」

身内だけならともかく、他者を巻き込むのはまずい。しかも斐伊川家との関わりがあるなんて、それは封印待ったなしである。

「ダメですよ、希郷様。人様に迷惑かけるのだけは……」

「な、何でテメェに諭されなきゃならねぇんだよ」

気の毒そうな眼差しを向けられ、希郷は居心地が悪そうにベンチから起き上がり——そのまま走り出そうとした。

「あっ、こら!」

ここでこの狂犬を解き放つわけにはいかない。見初は希郷の腕を掴むと、夏子に気付かれないようにこっそりと触覚の力を発動させた。

「んな……っ、体に力が入らねぇ……!?」

「希郷？　あんた急にどうしたんだい？」

「久しぶりに式神になって疲れたんじゃないですか」

見初はしらを切った。希郷から「何かしたろ」という目で見られているが無視である。

「ちっ、あいつのところに行こうと思ったのによ……」

「はあ!?　ま、まだ諦めていないのかい！」

希郷の言葉に夏子がぎょっとした声を出す。

この会話の流れだと、希郷は件の跡取りの下へ向かおうとしていたらしい。

二十年ぶりの殴り込みを決行する気満々の式神に、見初の顔にも緊張が走る。

「な、何でそんなに会いに行こうとしているんですか？」

「……こいつを渡すためだよ」

希郷が懐から取り出したのは、淡い桜色の布地で作られたお手玉だった。

「わあっ、可愛いですね」

「あの病弱女が作ったもんだ。それなりにいい見た目をしてんだろ？」

褒(ほ)められたのが嬉しかったのか、希郷は初めて見初に笑顔を見せた。

「でもそれはただのお手玉じゃないんだよ……」

げんなりとした口調で夏子が言う。

「ただのお手玉じゃないって……何かこう仕掛けがあるんですか？」

「そういうことではないんだけどねぇ……斐伊川家に生まれた女は、好きな相手に手作りのお手玉を渡すのが習わしになっているんだよ。私もそうやってお手玉をプレゼントして旦那と結婚してね」

素敵な習わしだと見初は心の中で思った。口に出さなかったのは、里美が作ったお手玉を今希郷が持っているからだ。

彼女は生きている間に、恋をした人に想いの証を渡すことが出来なかったのだろう。

「病弱女はあの男に惚れていた。けど息を引き取る間際になって俺にこんなもんを託しやがったんだ。俺からあいつに渡せってことだろ。最後の最後に人使いの荒い女だったぜ」

「でも、無視しないで渡してあげようとしているんですよね？」

「当たり前だ。俺は式神だぞ。主の望みを叶えることが使命みたいなもんだ。どんなに無茶なことも、くだらないこともやるのは当然じゃねぇか。それを怠るなんざ、式神の沽券に関わる」

高慢な物言いだが、里美への信愛を感じさせる声と表情だ。

彼は彼なりに今は亡き主のために一生懸命なのだろう。何とかしてやれないものか、と見初も希郷に同情の念を抱き始めていた。

「ダメダメ。いくら里美のためだからってそれはダメだよ！」

だがそれに待ったをかけたのは夏子だった。何やらやけに焦っている。

「あの人には奥さんもお子さんもいるのに、今更そんなもんを押し付けに行ったら気まずくなるだけじゃないか！」

「えっ」

妻子持ちの男性に、故人の気持ちが詰まった贈り物。渡していいものか、見初は正直迷った。切ない思い出としてすんなり受け取ってくれるかもしれないが、悪い方向に話が流れて彼の家庭に影響が及ぶ可能性もある。

「里美の友達だった人で津代さんっていうんだけどね。二人ともいい感じで里美が入院した時もしょっちゅう見舞いに来てくれた。けど、あの人は里美をそういうふうには見てなかったんだろうねぇ。里美が亡くなってすぐに希郷が預かっていたお手玉を渡そうとしたら、ぴしゃりと断られたんだよ。なのにこの馬鹿は諦めなくて、今度は家に直接殴り込みに行ったんだ」

「脈なしじゃないですか！」

　結果は既に二十年前に出ていた。

　これは渡せないし、行かせられない。希郷への同情心も一気に薄れていく。

「そんなもん知ったことか。俺は何が何でもこいつを渡すんだ。……誰にも邪魔させるかよ」

　希郷が高くジャンプをして、近くの木に飛び乗った。

「希郷！　変なこと考えてないで降りてきな！」

「だから指図すんじゃねぇ！　俺はやりたいようにやるだけだ！」

　そう言い残して木から木、木から民家の屋根へと飛び移って希郷が遠くに去っていく。

「うわー！　希郷様、その津代さんって人のところに行きましたよあれ！」

「ああ、まったくあの馬鹿は本当に……！」

　夏子が二本の裁縫針を素早く取り出した。どちらにも毛髪が巻き付いており、ぽんっと可愛らしい音とともに白い鳩に変化する。

「あんたたち、希郷を追いかけな！」

『御意』

『後程ご報告致します』

短く言葉を返してから、夏子の式神たちは希郷の追跡に向かった。

「……私も希郷を追いかけるから、時町さんはホテルに帰んな。これ以上時町さんを巻き込むわけにはいかないよ」

「い、いえ！　私も行かせてください！　一人でも多いほうが希郷さんを止めやすいでしょうし……！」

希郷に触れさえすれば、触覚の力で落ち着かせることが出来る。そう思い、見初は一緒に行くと言い出したのだが、結果から言うと見初はいてもいなくても同じだった。

◆◆◆

夏子に連れられて向かった先は出雲市内にある屋敷だった。表札には『津代』と名字が書かれており、屋敷の周りを竹垣がぐるりと囲んでいるため中の様子を確認することは出来ない。

「……静かですね」

修羅場が発生していると思ったのだが、意外と静かだ。まだ来ていないのだろうか。

「もしかしたら希郷は道を間違えたのかもね。二十年ぶりに外に出てきたわけだし」

あれだけ息巻いていたのに迷子。平和ではあるが、希郷の気持ちを思うと居たたまれない。

それに迷っている式神をどう回収すればいいのか。冬緒の術でどうにか……と考えていると、二匹の鳩が飛んできた。夏子の式神だ。

『希郷はこの中におります』

『住人と接触しました』

間に合わなかった。見初の頭の中にそんな言葉が流れた時、玄関の戸が開く音がした。

見初と夏子がそちらに視線を向けたのと、中から希郷が放り出されたのはほぼ同時のことだった。

「希郷！」

「……夏子さんかな？　久しぶりだな」

希郷のすぐあとに、眼鏡をかけた白髪の男が屋敷から出てきた。彼は夏子に気付くと、笑みを作りながら頭を下げた。

「あの男の人が……津代さんですか？」

「ああ、津代英郎さん。現在は神社の神主を務めている人だよ」

「優しそうな人ですね……」

ただし希郷を見下ろす眼差しは、凍えるような冷たさを湛えているが。

「ちくしょ、お……ジジイのくせに……！」

「僕が退魔の術も心得ているのを忘れたのかな。君のような輩に襲われた時のために」

涼しい表情でさらりと言葉を返され、希郷は悔しそうに舌打ちした。不法侵入しようとしたら住人に撃退された不審者の絵面だ。大体合っているはずだと、見初は生暖かい視線を希郷に送った。

一方夏子は津代に何度も頭を下げていた。

「私の式神が大変失礼な真似をしてしまって、本当に申し訳ない……！」

「夏子さんが謝るようなことじゃないです。僕に謝るべきなのは、主の言うことを聞かない式神でしょう」

そう言いながら津代は手で握っていたものを、希郷の体の上に投げ付けた。

里美が作ったお手玉だ。

「これをもらうつもりはない。さっさと帰るんだ」

「黙れ！　テメェには何がなんでもこいつを受け取ってもらうぞ！」

「そんなことをしてどうなる？　もう里美さんはいないし、僕にも妻子がいるんだぞ。無意味じゃないか」

「ふざ……ふざけるなよ……」

希郷はお手玉を強く握り締めた。

「テメェがどんな目であいつを見ていたか俺は知ってんだぞ！　あいつだってテメェが来ると嬉しそうにしていた！　なのに他の女に心移りしやがって……！」

津代の大きな溜め息が希郷の言葉を遮った。

そして抑揚のない口調での言葉が、希郷に浴びせられた。

「みっともない。あまりにも諦めが悪いようなら、君を針に戻してから折ってしまおうか」

◆◆◆

「で、斐伊川様がうちに泊まりに来たってことか」

「まさか椿木家の陰陽師と顔を合わせることになるなんてねぇ……」

夏子は冬緒に緊張しているようだった。ロビーで宿泊カードを書いている時までは普通だったが、冬緒の名札を目にして驚いたのだ。

「迷惑にはならないようにするから、本日明日とよろしくお願いするよ」

針供養を済ませたらすぐに本家に戻るつもりだったのが、希郷の暴走によってその予定は全て崩壊した。

早朝に家を出て神社に向かい、針供養に応じない式神に神経をすり減らし、急遽津代家に向かうことにもなった。

ハードな一日にすっかり疲弊してしまった夏子は、体調を崩したまま無理をして帰ることをせず、着替えを買ってホテルに一泊することに決めたのだった。

「でも斐伊川家の方が泊まりに来てくださるのは、私が働き始めてからは初めてね」

永遠子が嬉しそうに笑う。

「私も以前から泊まりたいと思っていたんだけどね、その機会がなくて。そこだけはこの問題児に感謝しているよ」

と言って、夏子は黒く小さな巾着袋を取り出した。それを見た冬緒が首を傾げる。

「そちらの袋に、希郷という式神が？」

「今は針の状態で針山に刺してるよ」

その説明を聞いて、見初は数時間前のことを思い返していた。

希郷にお手玉を返し、津代は夏子に「あとのことは頼みます」と言い残して屋敷の中に戻った。

それを追いかけようとした希郷の体が目映い光に包まれて、ただの針に戻ってしまったのだ。

社の中で見た時は新品同様の綺麗な状態だったのに、錆びだらけになっている。

目を丸くする見初とは反対に、夏子は静かな表情で針を拾った。

何故針が劣化しているのか、聞ける雰囲気ではなかった。

「ぷぅぷぅ……ぷぷぅ……」

「う、うーん？　白玉お腹空いたの……？」

暗闇の中で白玉の鳴き声が聞こえる……ような気がする。部屋の明かりをつけると、白玉は見初の枕元ではなく、窓の手すりに短い前脚をひっかけて外を眺めていた。懸垂しているようなポーズで辛いのか、プルプルしている。

「外に何かあるのかな……」

白玉を抱き上げつつ、窓の外を見てみる。

三度笠を被った不審者がパジャマ姿の女性に捕獲されている最中だった。

見初は寮を飛び出した。

「夏子さん、希郷様！」

現場に急行すると、夏子は希郷に馬乗りになっていた。三度笠は近くに投げ捨てられていた。

「あ、時町さん……」

夏子は見初だと気付くと恥ずかしそうに頭を下げた。

「さっさとどけババア！　重いんだよ！」

希鄉は何とか夏子の下から抜け出そうともがいていた。わりと元気そうである。

「どいたら逃げるに決まってんじゃないのさ！　まったく油断も隙もありゃしないよ
……」

どうやら希鄉はこっそり式神の姿に戻り、ホテルから抜け出そうとしていたようだ。

希鄉は夏子の「逃げる」という言葉を聞いて、主を鋭く睨み付けながら勢いよく吠えかかった。

「俺は逃げようとしたんじゃねぇ！　津代のところに行こうとしてたんだよ！」

「逃げるより酷いよ！」

そうツッコミを入れたのは夏子ではなく見初だった。こんな夜中に押しかけてどうする。

この何が何でもお手玉を渡そうとする諦めの悪さ。大和芋が如き粘り強さに恐怖すら芽生える。

そして素朴な疑問も湧き上がる。

「……それに里美さん喜んでくれるのかなぁ」

「………………」

見初が零した呟きは希鄉にも届いているはずだった。けれど何も言い返そうとしない。

怒っている気配もない。

なので見初は自分の意見を述べた。

「津代さん、お手玉も里美さんの気持ちも受け取る気なさそうだったじゃないですか。……なのに無理矢理押し付けて、里美さんそれで喜ぶのかなって」

里美がどんな人物か、見初は詳しく知らない。

ただ無茶なやり方を彼女が望んでいるとは、見初には思えなかった。

「希郷様が式神として頑張ろうとしてるのは分かりますけど、それで里美さんを悲しませてしまうのは……」

「……頼まれた」

そう答えた希郷の声音は穏やかなものだった。

「あいつは周囲にどんなに反対されても、想いが報われなくても、自分の気持ちを惚れた奴に渡したいって言ってやがった。そんで俺に頼んできたんだよ。『応援して欲しい』って」

「……里美」

夏子が目を伏せる。

「自分がどんなに馬鹿げていて、くだらないことをやってるかなんて分かってんだ。それでも俺はあの女が残したもんを……」

その言葉は最後まで続かなかった。希郷の体が仄かに発光したかと思えば消えてしまった。

代わりに地面に一本の針が落ちる。

夏子が拾ったそれを見て、見初ははっとした。

「夏子さん、その針……」

間違いない。昼に見た時より針が大きく曲がっている。

「馬鹿だよ、あんたは。自分の姿も保てなくなって来てるじゃないか」

夏子の声には悲しみと慈しみ(いつく)が込められていた。

「あ、あの、自分の姿も保てないって……」

「希郷は式神としての機能を殆ど失いかけてる。このまま無茶をすれば、針はもっと劣化していくだろうね。針供養せずに針が砕けると、式神の魂は成仏出来ずにただ消滅する。……里美のところに行けない」

外敵から守るように、夏子は希郷の針を両手で包み込んだ。

「時町さん、希郷は本当に馬鹿な式神なんだ。こんな馬鹿、他にはいないよ」

「そんな馬鹿馬鹿連呼したら、希郷様が怒っちゃいますよ……」

「いいんだよ、本当のことだから。だってこいつ、里美に自分の霊力を分け与えて助けようとしたんだ。そんなことで病気の進行を食い止められるわけがなかったのに。しかもそのせいで自分はボロボロになって、いつ針が砕けてもおかしくない状態になっちまってさ」

「…………」

「それでも自分よりも、里美の望みを優先しようとするなんて大馬鹿だよ……」

呆れたような口調で語る夏子の声は震えていた。

ひんやりとしたものが見初の頰に触れる。

外灯の白い光が空から降りしきる雪を照らしていた。

「……寒いからホテルの中に戻りましょう。ね？」

見初が促すと、夏子は一瞬夜空を見上げてから「ああ」とか細い声で返事をした。

二月の深夜に薄着で外にいたせいか、翌日夏子はまた体調を崩してしまった。客室の余裕もあるので、急遽宿泊日数を一日増やして療養するという。
なので希郷の針は見初が仕事中に預かる形となった。針山に刺した状態で巾着袋に入れ、制服のポケットに忍ばせている。
夏子は申し訳ないと最初断っていたが、ゆっくり体を休めて欲しいと見初が強引に話を通したのである。

もし希郷が再び津代の下へ向かおうとした時は、ほんの少しだけ触覚の力を使うつもりだ。ほんの少しだけ。

それで津代家の平穏は守られるだろう。だが里美と希郷の心は救われない。

「はぁ〜……」

「……時町どうした？　あの式神のことで何かあったのか？」

溜め息をつく見初に冬緒が怪訝そうに尋ねた。

「あっ、いえいえ！　桃山さんの手作り豆腐が恋しいなぁって思ってただけなので！」

まさかその式神の核を今持ち歩いていますとは言えず、見初が両腕をばたばた振りながら誤魔化していた時だった。

「あ……」

見覚えのある男性がロビーに入って来るのが見えた。

偶然だろうか。昨日ぶりの再会に見初が驚いていると、津代は微かな笑みを浮かべながらお辞儀をした。

「こちらに滞在していると夏子さんからご連絡をいただきました」

「夏子さんのお見舞いに来てくださったんですね」

「もちろんそれもあります。ですが……」

津代はそこで一拍置き、意を決したように再び口を開いた。

「里美さんと希郷のことを知っているあなたに……お話ししておきたいことがあります」

「え……？」

　まさかの指名に見初は自分を指差し、冬緒と永遠子は不思議そうに見初に視線を向けるのだった。


「希郷はどんな様子ですか？」

　応接室に入ると、まず初めに津代はそんな質問をした。非常に答えづらい内容に、見初は言葉に迷った。

　何も事情を知らず津代を安心させるのならば、「あなたに付き纏っていた式神はもうすぐ自然消滅します」と言えただろう。

　だが見初は知ってしまったのだ。希郷の覚悟の強さや、想いの深さを。

　津代に里美の恋心を無理矢理押し付けるのはよくないと思いつつ、希郷に報われて欲しかった。

「希郷様はその……元気なんですけど今はちょっと大人しくなっていまして……」

「あと、どのくらい持ちそうですか？」

「……希郷様の時間が少ないこと、気付いているんですか？」

「本人はやせ我慢していましたが、かなり弱っているように見えました。早く針供養を行わなければ間に合わなくなってしまう」

それは焦燥感を滲ませる物言いだった。

「希郷様のことを心配してくださっているんですね」

「里美さんの式神ですから、安らかに眠ってくれと思います。……私が言えたことではありませんが」

「いえ、そんな」

「彼のことを考えるなら、すぐにでも里美さんのお手玉を受け取るべきだったと分かっています。こうやって意固地に拒み続けている場合ではないんです」

津代は過去を懐かしむような目をしながら、緩く首を振った。

「ですが私は一度断られている身ですから」

「え？　それって……」

「私はかつて里美さんに恋をしていました。彼女の命が長くないと知っても、最期まで共にありたいと願いました」

そう告げると津代は俯いてしまった。その様子はまるで告解を終えた罪人だ。

一方津代の本心を知ったのと引き換えに謎が一気に増えてしまい、見初は目を白黒させていた。

津代と里美が実は両想いだったなんて、希郷や夏子でも知らないことだ。そんな大事な話を斐伊川家と縁もゆかりもない自分が聞いていいものかと、背中に変な汗が流れる。

「こんなこと夏子さんには話せませんでした。初恋の傷を自分で抉ることになりますから。……時町さんは斐伊川家の女性が作るお手玉を渡されることが何を意味するのかご存知ですか？」

「はい……夏子さんから教えてもらいました」

「里美さんがそのお手玉を完成させていたことは知っていました。ですから、病院にお見舞いに行った際にそれを私にもらえないかと頼んだんです。烏滸がましい話です。女性から渡すものだというのに、彼女の心が欲しくて自分から強請って……断られました」

津代の中では既に終わった話なのだろう。見初に打ち明けた彼に恥じている様子はなく、むしろどこか清々しい表情を浮かべていた。

「だから希郷に押し付けられても私は受け取らないと決めています。それに今、私の心は妻にあります。里美さんが亡くなり、悲しんでいた私に優しく声をかけてくれたのが彼女でした。たとえ形だけとしても、私にお手玉を受け取る権利も義務もありません」

「そうだったんですね……」

「……今まで誰にも言えないことでした。聞いてくださって感謝致します」

津代は見初に頭を下げると、ソファーから立ち上がった。

「では私は夏子さんのお見舞いに行こうと思います。お部屋の番号は電話で聞いていますので」

「お部屋までご案内いたしますね。それと、もし希郷様に何かお伝えすることがありましたら……」

「いいえ、ありません」

はっきりと即答されてしまった。

「彼にはあまりいい感情を抱けないんです。……嫉妬とは見苦しいものですね」

津代が見せた笑みは苦々しいものだった。

津代を夏子の部屋まで送り届けたあと、見初は希郷の名前を呼んでみたが反応はなかった。

きっと彼にも津代の声は聞こえていたはずだ。

津代の話を聞いて、希郷は何を思ったのだろう。

◆　◆　◆

「斐伊川様、元気になったから明日にはチェックアウト出来そうよ」

「本当ですか？　よかったぁ～」

仕事のあと、永遠子から夏子の調子を聞かされて見初は安堵(あんど)の溜め息をついた。これなら希郷を返しても大丈夫そうだ。

見初が夏子の部屋に向かおうとすると、夏子は寮の入り口まで来ていた。

「な、夏子さん、まだそんな動き回っちゃダメですよ！」

「いや、ちょっと体が鈍っていたから動かしたくてねぇ。それで希郷は……」

「はい。大事にお預かりしていました」

見初はポケットから針山が入っている巾着袋を出した。

それを笑顔で受け取った夏子だったが、

「……希郷？」

夏子は早急な手付きで巾着袋を開けた。

針山に針が刺さっていない。

「えっ⁉」

一体いつの間に。知らないうちに脱走を果たしていた式神に二人で青ざめる。

「も、申し訳ございません……！」

「針の姿で、巾着袋から抜け出してたんだねぇ……」

「そんなこと出来るんですか⁉」

「そのほうが力の消耗も少ないからね」

式神の姿にならなければ大丈夫だと思っていたら、針のままでも動き回れるとは。反則技に近いと見初は愕然とした。

「針山には動きを封じる術をかけていたんだけど、それを破ってまで逃げ出して……」

夏子の言葉が止まる。針山だけ入っていたはずの巾着袋にまだ中身がある。袋をひっくり返してみると、ころんと桜色のお手玉が夏子の手のひらに転がり落ちた。

「これって……」

「馬鹿希郷め！　津代さんのところに行くにしても、大事なもんを忘れてるなんて……」

夏子が呆れたように言う。

だが見初には、希郷が津代の屋敷に行ったとは思えなかった。根拠はないが、何となくそんな気がするのだ。

「夏子さん、他に希郷様が行きそうなところありますか？」

「私も希郷のことはそんなに詳しくなくて……あ、でも一ヵ所だけ」

心当たりに思い至った夏子ははっとした表情を見せた。

◆　◆　◆

昨夜降った雪は昼間の日光でも溶けることがなかった。

木の葉や小枝の残骸が積み重なった土も病人の指のような枝も真っ白に染まったまま、夜を迎える。

湿った植物の匂いと雪の匂いが混ざり合って、夜の空気に冷やされる。

無音の並木通り。一本の樹の根元に三度笠が置かれていた。その傍らに胡座(あぐら)を掻く式神がいた。

夏子の予想通りだ。見初が近付こうとすると、希郷は緩慢な動きで枝を見上げた。

「ここにある木は全部桜なんだぜ。こんなに雪が積もっちまって、ちゃんと咲くのかよって思うけどな」

「……大丈夫ですよ。毎年咲いてるから今年もきっと咲きます」

「そうだな。いつもここに来て、見てくれた奴が死んじまっても咲いてんだ。薄情なこった」

希郷の体はうっすらと透けていた。人の姿を保つのが精一杯なのだろう。

なのに苦しそうな素振りを見せず、穏やかに枝を眺めている。

「ババアに聞いたのか、俺がここにいるって」

「里美さんと一緒に毎年桜を見に行っていたって聞きました」

「一緒にじゃねぇよ。あの病弱女に付き合わされていただけだ」

「それは一緒にって言うのでは……」

見初に指摘されると、希郷は顔を歪めた。それを気にせず、見初は希郷の隣に立つと手を差し伸べた。

手袋を着けた手の上にはお手玉があった。

「………」

「忘れちゃダメですよ。希郷様の大切なものなんですから……」

「……悪い」

希郷は小さな声で詫びてからお手玉を受け取った。

「けど……わざと置いてきたに決まってんだろうが。あいつのあんな話を聞かされたあとにすんなり渡せるほど、俺は無神経じゃねぇ」

「津代さんに渡すためじゃなくても、それを持っている理由ちゃんとあると思います」

「あぁ？」

「……里美さん、自分の気持ちを好きな人にちゃんと渡せていたじゃないですか」

見初は希郷の顔をじっと見ながら言った。

その相手が誰なのかは告げなかったが、彼女は確かに恋心を込めたお手玉を自らの手で届けることが出来ていたのだ。……単なる憶測でしかないが。

「何だ、テメェ。あいつが惚れていたのが津代じゃなくて俺だって言いたいのかよ」

「そ、そんな怖い顔で睨まなくてもいいじゃないですか……」

怯える見初に、希郷は溜め息をついてから口を開いた。

「……あの女は俺のことばかり見てやがった。本人は隠し通せてると思ってたし、俺にどう思われてるか気付いてもなかったけどな。だから最期まで口では言えなかったんだ。

……もし何もかも気付いてたら、あいつはすぐにでも俺にこれを渡してた」

希郷はお手玉を左手から右手へ、右手から左手へと繰り返しながら言った。

その言葉の意味を察した見初は眉を下げた。

希郷も里美のことを……。

「……どうして里美さんのお手玉を津代さんに渡そうとしていたか、聞いてもいいですか？」

「そんなの、俺が式神だからに決まってる」

希郷はどこか諦めたような物言いで答えた。

「人間と人間じゃないモノは結ばれちゃいけねぇ。それにあいつは当主になるはずの女だった。そんな奴が自分の式神に惚れてたなんて、一族の笑いもんだ。死んだあとも悪く言われる」

「そんな笑い者だなんて……」

「テメェはやけに普通に接してるけどな。式神の扱いなんてぞんざいにするのが当たり前なんだ」

「…………」

そんなのおかしい。と思っても口には出来ず見初は黙っていた。

自分たちにとっての当たり前と、他の人々にとっての当たり前が同じものではないことは分かっている。そしてそれを見初がここで力強く訴えても、希郷の心は癒されないだろう。

きっと、彼は自分が周囲からどう思われようが構わなかったのだ。

「それに俺みたいな式神なんて選ぶべきじゃなかったんだ。病気で苦しんでいるのも助けられない、寿命を延ばしてもやれない役立たずとなんか結ばれて欲しくねぇ」

「だから……もらったお手玉を津代さんに渡そうと頑張ってたんですね」

「同じ人間で、主を大切に想ってた奴だ。だからアイツがお手玉を受け取るべきだと考えたんだよ。けど、そうか。二十年も前に振られてやがったか。はは……」

希郷の笑い声が夜の中に溶けていく。溶ける前にそれを聞いていた見初は苦笑した。

「でも希郷様だって人のこと笑えませんよ」

「んだよ。テメェに何が分かんだ」

「希郷様が津代さんのところに押しかけて追い返された時、津代さんが『みっともない』って言ってたじゃないですか。あれ、全部知ってて言っていたんじゃないかな」

里美から想いの結晶をもらえなかった津代にとって、希郷の行動は理解出来ないし腹立たしいだろう。想い人の想い人に、恋の古傷を抉られて塩を塗り込まれているような心地だったのかもしれない。

希郷はぎっと見初を睨んだ。ただし、同じことを考えていたのか反論はしなかった。その代わりに「先、帰ってろ」と言い出した。

「テメェに風邪引かせてみろ。ババアに殴られる」

「……一人で帰って来られますか？」

「馬鹿にすんな。それくらいの力は残ってんだよ」

鬱陶しそうに希郷が手を振る。これは見初がいくら希郷に付き合うと言っても無視されそうだ。

それにこの並木通りから一緒に帰る相手は見初ではない。

「早めに帰ってきてくださいね」と言い残して人間の女が去って行く。

それを見送りながら舌打ちをする。

成仏して主のところに行く気なんてなかった。本心を誰にも言わないまま、消えるつもりだった。

主の望みも想いも見て見ぬ振りをして、独りよがりなことばかりを考えている式神にはお似合いの最期を待っていた。あの男がお手玉を受け取ったら姿を消して一人で消えようと思っていたのに、先程の人間のせいで台無しだ。

何もかも見透かされていた。隠し事が下手なんて、そんなところだけが主に似ている。

本心を語るうちに、押し留めていた感情が濁流のように溢れ出した。

主の下に行きたい。主に会いたい。

再び押さえ付けようとしても、暴れ出してどうしようもない。

「……そろそろ帰んぞ、里美」

三度笠を被って立ち上がる。右手で握り締めたお手玉はほんのりと温かかった。

◆◆◆

「まったく、どういう風の吹き回しだい。針供養をやれだなんて……」

「でもこれで希郷様も無事に成仏出来ますよ！」

翌日の夕方、見初と夏子は二日前に訪れた神社の授与所にいた。式神たった一人のために針供養を行うためである。

豆腐の調達は今回も見初が行った。なんとまた桃山の手作りである。火々知に頼まれて少量だけこっそり作っていたので、その一部をいただいたのだ。

「おい、早くしろ。俺はさっさと眠りてぇんだ」

和やかに話す見初たちを見て、希郷が苛立った様子で口を開く。

「ひ……っ、はい！」

震えながら返事をしたのは神主だ。二日前に体験した恐怖は未だ、彼の脳内に根付いているらしい。

「神主様を怖がらせるんじゃないよ！　最後の最後まで生意気な奴だねぇ！」

「テメェも口うるさいババアだったな！」

「誰のせいでうるさくなってんだい！」

「耳元で騒ぐんじゃねえ。ま、その調子ならテメェは長生き出来そうだな。……せいぜい里美の分まで長生きしろよ、夏子」

　その言葉の直後、希郷の体は細い針へと戻った。赤錆だらけで大きく曲がったそれをつまみながら夏子はぽつりと呟いた。

「何だい、ちゃんとあたしの名前言えるんじゃないか……」

　神主が祝詞を唱える中、夏子はボロボロの針を豆腐にそっと刺した。針が静かに真っ白な塊へ沈んでいく。

　針がうっすらと光り、巻き付いていた毛髪が緩んで解けるとともに希郷の姿が夏子の前に浮かび上がる。

　夏子は気付いていないようで、針をじっと見詰めている。

　見えているのは見初だけだった。

「希……」

　彼の名前を呼ぼうとした途端、どこからか風が吹き荒れ、希郷の頭から外れた三度笠が見初の顔面に直撃した。

「わぷっ」

まずまずの大きさをしているそれを両手でどかしたと同時に、柔らかな芳香が風に流れてきた。

春の、桜の香りだった。

そして桜色の着物を着た美しい女性が微笑みながら、希郷の手を引いていた。

もしかして、あの人が……。

二人の姿が消えると同時に、香りも三度笠も消えた。

「……あの馬鹿め、最後にやってくれるじゃないか」

夏子が感心するように言う。

その言葉の意味を、見初は豆腐を見て知った。

そこに残されているのは針だけで、里美の毛髪は見当たらなかった。

希郷が持ち去っていったのだろう。あのお手玉とともに。

「あいつも最後に素直になれてよかった」

「夏子さん？」

「あたしだってそこまで鈍くない。あの二人のことは気付いてたけど、口には出せなかった。式神はあくまで陰陽師に使役される獣のような存在。それと恋に落ちるなんて有り得ないと、希郷自身が一番強く思っていたから」

夏子は自嘲じみた笑みを浮かべていたが、見初と視線を合わせると穏やかな表情に変わった。

「うちと何の関わりもなくて、式神に寄り添える心を持つ時町さんと関わって、気持ちに変化が現れたんだろうね。希郷も……あたしも」

優しい声だった。希郷や津代と同じように、夏子も悩みを抱え続けていたのだろう。

「向こうであの子と仲良くやるんだよ」

そう言って、夏子が豆腐に刺さる針をそっとつつく。

◆◆◆

雪がちらつく。掌に載せれば呆気なく溶けてしまう白くて冷たい氷の結晶。

これが溶けなくて、薄紅色で柔らかい花びらだったらよかったのに。そう思いながら眺めていると、隣から「帰ろうぜ」とつまらなそうな声が聞こえた。

「何でこんな時季に来ちまったんだよ。桜なんてまだ咲いてねぇし、雪降ってんじゃねぇか」

溜め息をついたと思ったら、彼は三度笠を外すとそれを被せてくれた。見た目のわりにそれほど重くはない。

「そいつ被っとけ。頭濡れずに済むだろ」

「希郷が濡れてしまうわ」

「俺は人間じゃないからいいんだよ」

これ以上聞くなと手を振る彼は、以前に比べて霊力が少なくなっていると見ただけで分かった。優秀な式神だからと姉が使役することが決まっているのに、まともに動けるか不安になった。

彼がしたことは無意味だった。優れていると言ってもただの式神が、人の病を治せるわけがない。死ぬのを待つだけの病人の寿命をほんの僅かに延ばしただけだった。

ただそのおかげで、こうして外を出歩くことが出来た。

毎年二人で訪れる桜並木。桜の花びらじゃなくて雪が舞っているのだけれど。

「……里美」

「うん？」

「悪かった」

「何が？」

「そんなの自分で考えろ。俺の主なんだからよ……」

口は悪いけれど、優しい式神。

自分の命を燃やしてまで助けようとしてくれた。でも出来なかったことをずっと、ずっと悔やんでいる。

ごめんなさい。心の中で彼に謝る。

だってこんな病気になってよかったと思っていると知られたら、悲しませてしまう。

病に全身を蝕まれていたからこそ、彼の献身を受け取ることが出来た。

もうすぐ消える命だからこそ、最期までこの想いを抱くことが出来る。

もし元気な体だったら斐伊川家の当主になって、誰かと結婚しなければならなかった。

ごめんなさい。もう一度謝る。

たくさんの人に心配と迷惑をかけているから。

姉が自分には当主の資質なんてないと悩んでいると知っている。

いつも見舞いに来てくれるあの人に愛されていると知っている。

全部知っていても、こうして彼と冷たくて寂しい桜並木を歩いているこの時が何よりの幸福だった。

「いい加減帰んぞ」

無理矢理腕を引かれ、帰り道を歩く。

寒くて冷たい。彼に強請って外に連れ出してもらったけれど、本当は全身が鉛のように重くて吐き気だって止まらない。せっかく延ばしてもらった命の時間も縮まってしまうかもしれない。

それでも構わない。このまま病院じゃなくて、二人で黄泉(よみ)の世界に逝きたかった。

そうすれば誰にも邪魔されず、彼といられる。この想いをはっきりと伝えられる。

きっと彼は照れ隠しに怒鳴ったあとに、優しく微笑んでくれるだろう。

「あの世にも桜は咲いているかしら」

「さあな」

「私、向こうに行ったら探しておくわね。そうしたら希郷が来た時すぐに見に行けるから
……」

舌打ちをされただけで返事はなかった。ただ、腕を掴む手が少しだけ震えていた。

零れ出す涙を見られないように、三度笠を深く被る。

想いのすべてを詰めたお手玉。どうか彼が受け取ってくれますように。

第五話　お侍さんこちら、桃生るほうへ

見初（みそめ）が『それ』を見付けたのは、宿泊客とその荷物を部屋まで送り届けてロビーに戻ろうとした時だった。

「おや……？」

廊下に落ちている薄紅色の小さな花。これは桃の花だろうか。拾って鼻に近付けてみると、ふわりと花の優しい香りがする。

しかも一輪だけではない。廊下にいくつも落ちているのだ。まるで某童話で兄妹が森に落としていったパン屑（くず）のように。

見初が花を拾いつつ辿って行くと、ドアが開いたままの客室までやって来た。清掃中の部屋である。そっと入ってみるとまた桃の花を発見した。

「ふんふん、ふふんっ」

軽快に鼻歌を歌いながらベッドにシーツを敷いている小さな少女。

見初は目撃した。彼女の頭からぽろぽろと桃の花が零（こぼ）れ落ちる瞬間を。

「柚枝（ゆえ）様、柚枝様。廊下にお花いっぱい落ちてましたよ」

「え……あっ！　すみません！」

見初の掌にこんもり山盛りになった花を見て、柚枝が青ざめながら謝る。何だか柚枝を虐めているような気持ちになってしまい、見初も「いえいえ！」と高速で首を横に振った。

けれど柚枝は床に落ちた花を拾いながら、申し訳なさそうに語る。

「浮かれてて無意識にお花をぽんぽん出しちゃってました……」

「花咲か柚枝様……」

ちょっと可愛いですね、と言える空気ではない。

にしても柚枝をここまで浮かれさせるなんて、一体何があったのだろうか。

そんな見初の疑問が解けたのは寮に戻ってからのことだった。

「わぁ～……！」

まんまるの瞳を輝かせながら柚枝が眺めているもの。

それはホールの一角に飾られたショーケースだった。中身は金屏風を背景にしたお殿様とお姫様。

豪勢かつ本格的な七段飾りではなくコンパクトな様式の雛人形だが、柚枝のハートをがっちり掴むには十分だったらしい。夕飯を食べてから、ずっと鑑賞しているのである。

見初と永遠子はその様子を遠くから眺めていた。

「あんなに喜んでくれて……飾ってみてよかったわ」

「あ、永遠子さんが飾ったんですか？」

安堵の笑みを浮かべる永遠子に見初が尋ねると、「ええ」と肯定の返事を返された。

「ただし、買ってきたものだけどね。うちの実家にもあるけど、七段飾りで大きすぎるから持ってくるのはちょっと……」

「でも雛人形が飾られてると、雛祭り感がぐぐっと出ていいですよね」

「そうなのよ！　そう思って買ってきたの！」

見初が同志と知って永遠子のテンションも上がる。

「私雛祭り大好きなんですよ。美味しい食べ物がいっぱいありますから！」

ちらし寿司に蛤のお吸い物。雛あられや菱餅などのお菓子まで。特に三月三日の雛祭り当日、寮の夕飯で特製ちらし寿司が登場する。

鮪、サーモン、海老、イクラ、穴子、タコなどの魚介類をふんだんに使った一年に一度しか食べられない幸せの味だ。

さらに島根県益田市で収穫される鴨島蛤で作ったお吸い物がすごい。大きな身は食べ応えがあって、出汁が溶け込んだ汁も旨みたっぷり。

あのご馳走が今年も食べられるというだけで、明るい気持ちになれる。

「ふふっ、分かってたけど見初ちゃんはお花より団子派ね」

「そ、そんなことはありませんよ？　お花も雛人形も綺麗だと思いますし……」

口ではそう言いながらも、見初は永遠子から視線を逸らしていた。

雛人形の話をしていたのに、何故「食べ物美味しいです」な話題を出したのか。テンションが上がりすぎて恥を晒してしまった気がする。

「自制しないと……大人の女性として……！」

「まあまあ、私見初ちゃんのそういうところ大好きよ」

永遠子の言葉は嬉しいが、ここは大人の女性として甘えてはいられない。心に強く誓いながら部屋に戻ろうとした時だった。

「ま、間違えちゃったよ～～！」

ちょうど通り掛かった部屋の中から、子供の悲痛な叫び声が聞こえた。

「……え？」

「……あら？」

二人が思わず足を止めたのは、そこが桃山(ももやま)の部屋だったからだ。

風来(ふうらい)と雷訪(らいほう)なら他の妖怪を連れ込んだり、逆に向こうから遊びに来たりは珍しいことではない。だが桃山個人が妖怪と関わる場合、何らかの事情や事件に巻き込まれている可能性が高いのだ。

どうしよう。

何があったのか聞いてみるべきか。立ち止まったまま悩んでいると、部屋のドアがゆっくりと開いた。

ドアの向こうにいたのは部屋の主だ。いつも通り無の表情をしている彼と目が合う。

「あ、こんばんは」

「少し……困ったことが起こった……」

「それは何となく分かるわ」

「出来れば……助けて欲しい……」

そして出される救難要請。見初と永遠子は頷き合ってから、桃山の部屋にお邪魔することにした。

「あれっ、誰もいない」

子供の姿がない。いなくなってしまった後なのだろうか。間違えたと言っていたので、もしかしたら風来と雷訪の部屋と間違えたのかもしれない。

それから室内に漂う爽やかな芳香。

小さなキッチンには半分になった林檎が置かれている。

「三月の……限定スイーツ作りを始めようと……林檎を切ったら……」

桃山の視線がその林檎に注がれる。

「中から小さな子供が出て来た……」

その言葉通り、林檎の上には小鳥サイズの子供が膝を抱えていた。

「あら、可愛い」

永遠子が呟きを漏らすと、子供は顔を上げて林檎の上で立ち上がった。

「可愛い？　我は勇ましき一族の者ぞ！　かっこいいとか男らしいとかじゃなくて可愛いだとー!?」

「でもどちらかと言えば可愛い系なのでは……」

そう言う見初に同意するように永遠子と桃山が首を縦に振った。

確かに頭に鉢巻きを巻き、侍のような服装で腰に鞘（さや）を差している姿は勇ましいが、学芸会で頑張っている子供にしか見えないのだ。

しかし見初の指摘に怒りを覚えた子供は、顔を真っ赤にして叫んだ。

「無礼者！　誇り高き桃太郎一族に向かってその言葉は何だ！」

「桃太郎一族？　桃太郎って個人名じゃないんですか？」

「うむ、我らは桃から生まれる剣士。それらを総称して桃太郎一族というのだ」

「………………」

胸を張って名前の由来を語る子供を見初はじっと観察してみた。

淡い薄紅色の髪と、緑色の襟巻きは何となく桃を連想させる組み合わせである。

桃太郎と言われれば、それっぽい。こういうマスコットキャラクターがいそうだ。

「そういえば、あなたからほんのり桃の香りがするわね」

永遠子が子供の匂いをくんくん嗅いで言った。

まあここまで桃尽くしなのでやはり桃太郎なのだろう。

しかし分からないことが一つある。

「それならどうして林檎から生まれたんですか？」

「うっ」

見初の質問にショックを受けた子供は、再び膝を抱えた。

「我もそこが解せぬのだぁ～……桃だと思ったら色も形も違うからすぐに間違った！　と気付いたものの、その原因が皆目見当がつかぬ」

「ま、間違いは誰にだってありますよ！」

落ち込ませてしまった責任を感じ、見初は努めて明るい声で子供を励ました。

「桃太郎が林檎から生まれる間違いは許されないだろう……我はもうダメかもしれぬ。桃太郎として使命を果たせるかも不安になってきた」

「そんな……」

まだ何も始まっていないだろうに、今から挫けないで欲しい。

どうにか子供を元気付けたいと考える見初だったが、永遠子の一言で場の空気が変わった。

「小さなお侍さん。あなたが林檎から生まれたのは、この人に引き寄せられたからじゃないかしら」

永遠子の視線の先にいるのは桃山だった。子供の顔が嫌そうに歪む。

「我はこんなごつい男に惹かれて林檎から生まれたというのか？　やだぁ！」

はっきり拒絶され、桃山の肩が小さく揺れた。ショックを受けている。

「そ、そういう意味じゃないの。あのね、この人は桃山さんって名前で『桃』の字が入っているのよ。文字や言葉っていうのは、それだけで不思議な力が宿るって言うわ」

つまり桃というワードだけで釣られたということになる。

「む～分かるような分からないような……まあよい。おい、桃山とやら。素晴らしい名前を持っているではないか！」

すっかり元気を取り戻した子供に褒められ、桃山が無言で頬を掻いている。

「でも桃山さんっていつも果物とか野菜たくさん切ってますよね？　どうして突然林檎からぽーんと出て来たんでしょうか？」

桃野さんとか桃井さんのご自宅にお邪魔する可能性もあったわけだ。

「それはこの地に鬼がいるからだろう。桃太郎一族に課せられた使命、それは悪しき鬼を斬ることなのだ。何、この桃之助に任せておけばどんな奴も一刀両断だ」

「おお、頼もしい」

「……だがその前に桃を食べさせて欲しい。本来は桃の神気を纏って生まれてくるのだが、それに失敗したせいでその神気を得ることが出来ず、こんな大きさで顕現してしまった」

「桃ですか～……」

桃なんて今この時期に売っているだろうか。

「どうしましょうか、桃山さ――」

桃山に助けを求めようとした見初が見たもの。

それは桃の缶詰と缶切りを手にした桃山の姿だった。

「これでも……桃は桃だ……」

「それはそうですけど」

果たしてシロップ漬けの桃で神気を得られるものなのだろうか。

「あ、甘い！　まるで蜜に浸したように甘いのに、すっきりとした後味だ！　これは新種の桃か⁉」

「缶に入れて……長期保存されている桃だ……」

数分後、桃之助は桃缶で無事に成長していた。

ただし小鳥から普通の小学生サイズになっただけで、外見年齢に変化は見られない。

「すみません、桃之助様。やっぱり生の桃じゃないとダメだったみたいですね……」

「そんなことはないぞ。桃太郎一族は子供の姿が普通なのだ。これで我は完全体となった。礼を言うぞ」

「ありがとう、桃ちゃん。それでさっきの使命のお話をもっと詳しく聞きたいんだけどいい？」

そう問いかける永遠子の隣で見初は息を呑んだ。

鬼を斬る。桃之助はそれが自分の使命だと言っていた。とても頼もしい話だろう。

ここがその鬼たちを客としているホテルでなければ。

見初たちが恐れているのは、悪しき鬼とやらではなく桃之助だ。

この桃之助、客として来た無実の鬼たちを襲う可能性がある。鬼専門の通り魔としてここに居座られるのなら、客を守るべくこちらも対策を考えなくてはならない。

「お前たちは妖怪や神を客とする生業(なりわい)を営んでいると、我が桃を食べている最中に教えてくれたな」

「ええ。鬼のお客様もやって来るわ」

「我が斬ろうとしているのはそんじょそこらの鬼ではない。何と言っても凶悪な鬼だ」

「「……………」」

「何だその真顔は！　もっと怖がれ！」

桃之助が両腕を上げて憤慨する。

そんなことを言われても、説明が漠然としすぎていまいち恐怖を感じられないのだ。

慢心しているわけではないのだが、ここはトラブルが多発するホテル櫻葉。これまでに様々な妖怪と出会い、戦ってきたのである。そんじょそこらの鬼で驚くような見初たちではない。

「もっと具体的にどんな鬼か……説明が欲しい……」

三人を代表して桃山がそう言うと、桃之助は「まったく」と呆れた表情をしながらも語り始めた。

「そうだな。例えば……村の人間と家畜を全て食い尽くし、最終的にその地域を治めていた大名すら喰らった鬼がいる」

「食い尽くし系鬼ですね……」

「他にも人間を殺めることをとにかく愉しみ、その死体を地面に突き立てて文字通り死体の森を作る奴もいる」

「あまり想像したくないわねぇ……」

「さらには天候を操り、数ヵ月間日照りを続かせて人々を渇きで死なせた奴もいた」

「異常気象……」

いざ詳細に語られると、その恐ろしい内容に見初たちの間にも緊張が走る。

こんな可愛らしい桃太郎一族が対峙する相手だ。てっきり畑の南瓜を盗み食いしたり、子供を驚かせて泣かせたりするような小悪党かと思いきや、かなり本格的な類いだった。童話の桃太郎で登場する鬼たちは、子供にはとても聞かせられない罪状の持ち主だったのかもしれない。

　鬼退治のプロの説明に、室内の気温が二、三度下がった。

「あれ？　でも桃之助様って生まれたばかりなのに、やけに詳しいですね」

「桃太郎一族は記憶を共有することが出来るのだ。かつて討伐した鬼はしっかり把握している。あのような鬼たちは一度消滅させても、数百年の時を経て蘇ってしまうから」

「えっ！　復活しちゃうんですか⁉」

「うむ。奴らは悪行を積みすぎたせいで魂が穢れ切っており、完全に消し去ることが出来んのだ。だから我々が存在するし、鬼に関する知識や戦い方を覚えておかなくてはならない。桃太郎一族でも鬼に殺られる時は殺られるからな」

　その可愛い見た目とは裏腹に、血腥い話題ばかりが続く。

　大丈夫かなぁ……と桃之助の身を案じ始める一同。だが、このあと彼らは度肝を抜かれることになる。

「……さて、見初とやら。お前には一つ頼みがある」

「私にですか？」

「桃を用意するより簡単なことだ。だが、この三人の中ではお前が一番適任だと思う」

「わ、分かりました。何をすればいいでしょう？」

指名された緊張で声が裏返りそうになりながらも、見初は尋ねた。

「恩に着るぞ、見初。それでは我の家来になってくれ」

「ちょっと待ちなさい！」

桃之助の申し出に誰よりも早く声を上げたのは永遠子だった。見初を守るように抱き締めながら、鬼を見るような眼差しを桃之助に向ける。「桃ちゃん」とフレンドリーに呼んでいた数分前が懐かしい。

見初本人も困惑していた。我の家来？　いやいやご冗談を……。

「うーむ、ダメか？　この中では見初が一番強そうだからいけると思ったのだが」

「私もそうかなって自覚はしてますけど……家来って犬と猿と雉じゃなかったですか？　私、見ての通り人間でしてね」

「家来に種族は関係ない。自分を育ててくれたおばあさん、おばあさん家にいた馬、近所の野良猫が家来だった時もある」

「馬は家来というより乗り物じゃないですか」

凶悪な鬼を退治するというのに、そんな冒険パーティーで大丈夫だったのだろうか。雑魚敵にすら負けそうだ。

「おばあさんと猫ちゃんを連れて行くくらいなら、馬だけ家来にしておけばよかったのでは？」

「いや、どんな役立たずでも家来は三体必要なのだ」

桃之助は鞘から刀をゆっくりと引き抜いた。

赤みがかった銀色の刀身。その根元に三つの穴がある。そのうちの一つが虹色に輝き始める。

「見初よ、この光はお前の魂の色だ。もう二体家来を見付けることが出来れば、残り二つの穴にも光が宿る。そして三つ全て色が揃った時、鬼を斬る力が刀に宿るのだ」

「だから家来が必要なんですね……」

「そうだ。だから一人はお前として、あと二体を早急に探さなければならん」

「だけど、どんな鬼が現れるのかしら。さっき桃ちゃんが言ったような鬼がホテル櫻葉に出て来たら――」

永遠子の言葉を遮るように廊下のほうから悲鳴が聞こえた。あれは柚枝だろうか。

真っ先に廊下へ飛び出したのは見初だった。

すると他の従業員たちがホールに向かっている最中だった。見初も後に続き、ホールに辿り着くと床にへたり込む柚枝がいた。

「柚枝様、何があったんですか⁉」

「見初様大変なんです！　お人形さんが……！」

柚枝が指を差したのは雛人形が入っているはずのショーケース。

だが二体いたはずの人形がどちらも消えている。

「に、人形がなくなってる……」

「私、ずっとお人形さんを見ていたんです。そうしたら突然しょーけーすの前を黒いものが横切って、お人形さんが消えていたんです！」

柚枝がわんわんと泣き出す。

寮に侵入した妖怪が柚枝を驚かせるために、悪戯でやったのかもしれない。見初がそう考えていると、誰かに膝をつんつんとつつかれた。固い表情の桃之助である。

「見初、どうやら我が探している鬼のようだ。人の姿をした人形を奪っては、それに宿る魂を喰らう者がいるのだ。恐らくそいつだろう」

「えぇ……？　人形を奪っていく鬼がいるんですか？」

先程桃之助が挙げていた鬼たちに比べると、スケールダウンが否めない。柚枝や人形を買ってきた永遠子の気持ちを考えると、そんなこと口に出せないが。

だが桃之助は神妙な顔付きで話を続ける。

「そう思うだろう？　だが人形に宿る魂は人間の魂と近い質を持っていてな。その魂をたくさん喰らえば、大量の人間を喰らった鬼と同等の力を得ることが出来るのだ」

「それって結構危ないじゃないですか！」

「ああ。そしてある程度力を得たら、人形ではなく人間を襲い始める」

そうなったら人間に被害が出てしまう。想像して見初が青ざめていると、もっと顔を青くした柚枝が口を開いた。

「あ、あの！　私、もしかしたら見たかもしれません」

「見たって何をですか？」

「人形を盗んだ妖怪なんですけど……頭に尖ったものが二本あったように見えたんです」

その目撃情報を聞いた桃之助は「決まりだな」と、腰の刀を見下ろしながら呟いた。

そして見初を見上げる。

「見初よ、お前にも残りの家来集めを手伝ってもらう。事態は一刻を争うぞ」

桃之助の家来としての初仕事。きちんと成功させなければと見初は真剣な顔で頷くのだった。

◆

◆

◆

「うーん、私は決定として……残りは柳村（やなむら）さんと火々知（かがち）さんがいいと思います」

このホテル櫻葉における最高戦力とその次点を挙げてみる。彼らなら強い力を持つ鬼とも対等に渡り合えるだろう。

「ヤナムラとカガチか……」

見初の言葉を聞き、桃之助は腕を組んで小さく唸った。

「それはどんな者たちだ？」

「柳村さんは凄腕の陰陽師で、火々知さんはとっても強くて大きい蛇の妖怪です！」

「陰陽師というと人間か。うむ、申し訳ないが却下だ」

「えっ、何でですか⁉　柳村さんだったら私より何百倍も強いですよ⁉」

必死に柳村をアピールする見初だったが、桃之助の答えは変わらなかった。

「却下だ。同じ種族の家来は、二体以上連れてはいけない決まりになっているのだ」

「そんな決まりがあるんですか……」

「他にもいくつかあるが……まあいい。見初、その火々知とやらに会わせてくれ」

「……はい！」

出鼻を挫かれてしまったが、まだまだこれからだ。

見初は桃之助を連れて火々知の部屋へと向かった。


「おお、何だ時町(ときまち)ぃ。お前も吾輩(わがはい)が選んだ最高のワインを飲みたいのか～～？」

火々知の様子が何だかおかしい。やけに間延びした口調と真っ赤に染まった顔。彼らしくもなく、締まりのない笑みを浮かべている。

「明日は非番だからと年末のボーナスで買ったワインなのだが、甘み、酸味、渋みのバランスがちょうどよくてな……ひっく」

「火々知さん酔っ払ってます？」

「何を言う。まだ酔っ払っておりゃんぞ」

「全力で酔っ払ってますね」

タイミングが悪すぎる。この状態の火々知と会話が通じるか分からないが、とにかくダメ元で聞いてみよう。

「火々知さん、鬼退治って興味あります？」

「鬼か……鬼の角を漬けた酒が美味いと聞いたことがある。あと、鬼の肝を焼いて大根おろしと醤油で食べるといいつまみになるぞ」

酒関連の話しか出て来ない。しかしこの様子では「原材料手に入りますよ」と言えば、簡単に家来になってくれそうだ。

「桃之助様、いけます。二体目決まりそ……桃之助様？」

先ほどからずっと黙っていると思ったら、呆然とした表情で火々知を凝視していた。

家来候補がこんな泥酔おじさんであることに絶望しているのだろう。見初ははっとしてポジティブな発言を連発した。

「あ、安心してください！　いつもの火々知さんはもっとダンディなおじさんなんですよ！　元の姿に戻ったらどんな鬼もびっくりすると思います！　それに火々知さんなら酔ってても結構強いはず！　いや、酔っているからこそ強い！」

「いやダメだ。却下」

「あ〜〜」

見初の健闘も虚しく、桃之助の首が縦に振られることはなかった。

「む……時町、その子供は何だ。桃の匂いがするな。そういえば果実酒の中でも桃が特に美味いと……」

「私のお友達です。それでは失礼しました〜」

桃之助が酒の材料にされてしまう。見初はその場から素早く離れた。

酔いが醒めるであろう明日にもう一度声をかけてみよう。正気の火々知を見れば、桃之助もきっと考えが変わるはず……。

「あの火々知とやら、相当に強い妖怪だな。一目見ただけで分かる」

「はい。だからこそ適任かなって」

「いいや、だからこそ家来には出来ない」

桃之助の額には脂汗が浮かんでいた。

「桃太郎は自分より強い者を家来には加えられないという決まりもあるのだ」

「あ、そういうことだったんですね……」

「それから桃太郎一族は蛇が天敵なのだ。昔、尻に噛み付かれたのが忘れられなくてな」

「………」

鬼を倒すことを使命とする者の台詞とは思えない理由だった。こんなことで大丈夫なのかと一抹の不安を覚える見初だったが、すぐに考えを切り替える。

強いのがダメなら、弱い妖怪。

ぴったりなのが二匹いる。

「オイラたちが桃太郎の家来に⁉ やるやる！ 一緒に悪い鬼を退治してお宝欲しい！」

「風来はともかく、私は役に立つでしょう。この自慢の頭脳で桃太郎様を助けていきますぞ！」

「却下！」

「何ですと～⁉」

やる気満々の風来と雷訪に容赦のない言葉が突き刺さる。

これには二匹を推薦した見初も納得がいかない。

「ど、どうしてですか？ まさか桃之助様、この二匹よりも弱いんですか？」

「そんなわけあるか！ 逆だ、逆！ 弱すぎて家来になったとしても役に立たんぞ！」

「「弱すぎて⁉」」

桃之助の言葉が風来と雷訪の心をさらに抉る。もう涙目である。そんな彼らの頭を撫でつつ、見初は疑問を口にした。

「でもおばあさんと馬と野良猫も家来にしていたって言ってませんでした？」

「あれらは歴代家来の中でも最強の位にいるぞ。おばあさんは鬼の両目を親指で抉り取ったし、猫は鬼の利き腕を食い千切った」

「それ山姥と化け猫だったんじゃないですか？」

死線を潜り抜けた猛者だ。馬が一番可愛くか弱く思えてくる。

「そして最後に馬が蹴り殺した」

「あ、みんな強かったんですね……」

彼らを率いていた『桃太郎』がまったく活躍していない気がするのだが、見初は深く考えないことにした。

「お、鬼退治ってそんなに怖いの？」

「わ、私たちにはちょっと無理ですな」

「ごめんね、二匹とも……」

震え上がる風来と雷訪に謝り、見初と桃之助は一度桃山の部屋に戻ることにした。

色々と決まりの多い家来探し。闇雲に探すのではなく、作戦を練った方がいいだろう。

「桃之助様より弱くて、でもそんなに弱くないのが条件かぁ……」

かなり厳しい戦いになりそうだ。そう思いながら部屋のドアをノックすると、桃山が開けてくれた。

「時町以外は……まだ家来はいないのか……」

「家来にするには、いくつか条件があるみたいです」

「しかし、せめて二体目だけでもすぐに……うぎゃっ！」

「桃之助様⁉」

突然真っ白な物体が桃之助の頭部に激突した。その場に倒れ込む桃之助の眼前に、物体の正体が仁王立ちしている。

「ぷううう……」

白玉（しらたま）だ。何やら殺気立っており、鋭い目付きで桃之助を睨（にら）み付けている。

「し、白玉？」

「ぷぅ！　ぷぅうっ！」

見初が手を伸ばすと、鳴きながら顎の下を擦り付けてくる。

「もしかしたら……時町が家来にされて……怒っているのかもしれない」

「ぷぅっ！」

「その通りです」と言うように大きく鳴く白玉。

感動して見初は頬を緩めた。

「ありがとう白玉。でも私別に酷い目に遭っているわけじゃなくて……」

「……今の体当たり、見事だったぞ」

ダメージから回復した桃之助がゆっくりと起き上がる。

「それに加えて友を救おうとする強い心。そんな者を我は求めていたのだ」

「ぷ？」

「は？」

話の流れが妙な方向に向かっている。

まさかと見初が思っていると、桃之助は声を張り上げて叫んだ。

「白玉よ、我の家来になってくれ！」

「ぷぁーっ⁉」

白玉大激怒。桃之助に後ろ脚キックをお見舞いしようとする仔兎を、見初が背後から抱き上げる。

「鎮まりたまえ白玉！　どういうことなのかちゃんと話すから鎮まりたまえ！」

「ぷぅぅ！　ぷぅぅぅぅ！」

見初を家来にしただけでなく、自分までスカウトしてきた桃之助に相当お怒りらしい。

見初の拘束を抜け出そうと脚を必死にばたつかせている。

しかし見初と桃山が事情を説明すると、落ち着きを取り戻していった。

「ぷぅ……」

そして頭部への攻撃を謝るように頭を下げる。

「謝る必要はない。お前のその気性の荒さを気に入ったぞ。よろしく頼む、白玉」

「ぷぅ！」

握手代わりに白玉の前脚を握ると、桃之助は刀を抜いた。

刀の根元が輝いている。二つ目の穴が白い光で覆われているのだ。これが白玉の魂らしい。

「でも白玉、怖くない？ 鬼退治に行くんだよ？」

「ぷっ、ぷっ、ぷぅっ！」

見初の問いかけに対して白玉はシャドーボクシングで答えを示した。やる気に満ち溢れている。

「あと……一体だな……」

桃山の呟きに桃之助は「うむ」と相槌を打って、残り一つの穴を見た。

「無事に見付かるとよいのだが、何か嫌な予感がするな……」

桃之助のそんな予感は見事的中することとなる。

◆　◆　◆

翌日朝食を摂りながら昨晩のことを話すと、冬緒は何とも言えない表情を浮かべた。

「それで今、その桃之助とやらはホテルの客をスカウトしに行ってるんだな」

「そうなんです。白玉もそれについて行っちゃいました」

「大丈夫なのか？　ホテルの客を鬼退治に巻き込むのは流石にまずいだろ」

心配そうに冬緒が見初に尋ねる。

「そこは永遠子さんも交えて話し合いました。絶対に無理強いさせちゃダメだし、桃之助様が暴走しないように白玉が側で監視しているんです」

「何で主が家来に監視されてるんだよ！」

「まあまあ念のためって感じなので……」

それに白玉にもちゃんと利点がある。

どうも桃之助からは白玉にとっていい香りがするらしく、鼻をぴすぴすさせてずっと嗅いでいるようなのだ。

見初には分からないが、永遠子が言っていた桃の香りだろう。

桃之助は家来に懐かれたと思っているようでご満悦な様子だった。真実は言わないでおこうと見初は心に決めていた。

そしてその数時間後、昼の休憩時間に入った見初のところに桃之助が戻って来た。

「見初、白玉の躾はどうなっているのだ。お転婆がすぎるぞ！」

「ぷぅ、ぷぅ」

桃之助は頭を白玉に齧られていた。痛みはさほど感じないらしいので放っていたようだが。

一方白玉は、高級人参を食べている時のような至福の表情で桃色の頭を齧り続けている。

桃之助に平謝りしつつ見初は白玉を回収した。桃之助の頭部をじっくり観察してみるが、毛髪は無事なようだし出血もしていない。頑丈な頭部だ。その耐久力の高さは桃ではなく、南瓜に近いかもしれない。

「我の頭の匂いを嗅いでいると思ったら、突然ガブッといかれたのだ」

「本当にすみませんでした……」

「ぷぅぅ」

桃之助の頭からは蜜が出ているのかもしれない。

「と、ところで最後の家来は見付かりましたか？」

白玉以外連れていないので予想はついているものの、一応聞いてみる。

「いいや、まだだ。お前と白玉がすぐに見付かったから三体目も……と思ったのだが、案外難しくてな」

　桃之助は溜め息をついた。この数時間で幼い顔には渋みが増していた。

「良さそうだなと思った妖怪に声をかけても、『俺は働きたくない』だの『持病の腰痛が再発しそう』だのと言って断られてしまうのだ」

「おじさんっぽい理由ばっかりですね……」

「中には鬼退治と聞くなり、『同族と戦うのはちょっと……』と足早に逃げる者もいたくらいだ」

「同族……ん？　桃之助様、鬼にまで声をかけたんですか？」

　見初は桃之助の見境のなさにぎょっとした。

「なりふり構っていられないのだ。条件に合う者には片っ端から声をかけてきた」

「わぁ」

　あとで「変な子供に鬼退治に誘われた」と噂になりそうだ。

「ぷぅ、ぷぅぅぅっ」

　白玉は白玉で桃之助の味が病みつきになってしまったのか、再び彼の頭に噛み付こうとしている。

　しっかり朝ごはんは与えたはずなのだが、お腹が空いているのだろうか。そこまで考えてから見初は閃いた。

「そうだ、きびだんご！」

「きびだんご？」

「桃太郎が家来に誘う時にあげるアレですよ」

手ぶらで誘ったところで、犬も猿も雉も反応しなかったと思う。

だがしかし、きびだんごに釣られて彼らは桃太郎の家来となったのだ。

それと同じように食べ物で釣るのはどうだろうか。

「いーや、そんなもの使わん！」

ところが桃之助は、眉間に皺を寄せながら首を横に振った。

「ダ、ダメですか？」

まさか強く拒絶されるとは思っていなかった見初は目を丸くした。

「食べ物で結ばれた絆など容易く解けるぞ！」

「そんな童話の桃太郎を全否定するようなことを……」

これはもう柳村に相談するしかなさそうだ。見初がそう思っていると、「見初様ー！」

と呼びながら柚枝が現れた。

「そちらのお侍様にお会いしたいとお客様がいらっしゃってます」

「我にか？」

「はい。いつも泊まりに来てくださっている白いお髭の神様です」

常連客の雨神だろう。

見初と桃之助は互いの顔を見合った。

「強い鬼を退治しに行くんじゃろ？　面白そうだからワシを家来にしてくれんかのぅ」

桃之助に会うなり雨神は自分を指差しながら言った。合コンのノリである。

ようやく登場した立候補者。ただし神である。

桃之助は慌てて見初の背後に隠れた。

「どうなっているのだ、見初。お前たちの宿には神まで泊まりに来るのか⁉」

「年に一回神様たちで大宴会もやってます」

「よもや鬼ヶ島より恐ろしい場所で顕現してしまうとは……」

褒められているのか貶されているのか、よく分からない。

「……それで雨神様はどうでしょう？」

「無理だ。神を家来にするなんて畏れ多くて、我に天罰が下りそうだぞ……！」

見初が小声で聞いてみると、早口で言葉が返ってきた。それと「お前が断ってくれ」と頼まれる。桃太郎のくせにたまに情けない。

「え、えーと……すみません、神様は募集外でして」

「むむ……久しぶりに大暴れしたいと思ったんじゃがのぅ。しかし何か困ったことがあれば、何なりと言ってくれて構わんぞ」

あっさり引き下がってくれた雨神に安堵しつつ、見初はその言葉に早速甘えることにした。

「……家来になってくれそうな人に心当たりありませんか？　私と白玉と、もう一人必要なんです」

「ほ？　何で鈴娘と毛玉っこが家来になっとるんじゃ。きびだんごにでも釣られたか？」

「成り行き上、そうなりまして……」

「お主らが関わっているとなると、ワシも真剣に考えねばならぬな。……おお、そうじゃ。ワシの代わりだと思って、こいつを連れていくのじゃ」

雨神が見初に差し出したのは、腰に巻き付けていた茶色の壺だった。小ぶりながら重量感のある見た目なのに、受け取ってみると羽のように軽い。ちゃぷん、ちゃぷんと中から水の波打つ音がする。

見初が壺の蓋を開けると、細長い何かが水飛沫(みずしぶき)とともににゅるりと飛び出した。

「おっと」

黒光りするそれを雨神が掴もうとするが、上手く捕まえられずにいる。

「ぷぅっ」

「でかしたぞぃ、毛玉っこ」

白玉が前脚で押さえ付けているうちにどうにか捕獲。壺の中に放り込む。

「雨神様、これって鰻（うなぎ）ですか？」

「穴子じゃ。最近鰻は絶滅が危惧されとるんじゃろ？　使役するのはやめろと主神様に言われておるのじゃ」

「待て待て！　こやつを家来にしろと⁉」

困惑げに桃之助が叫んだ。

「いざとなったら食ってもいいからのぅ。蒲焼きにすると結構いけるぞ」

「それは嬉しいんですけど、非常食以外で役に立つ場面なさそうですよ⁉」

流石に水中戦イベントなど起こらないだろう。起こったとしても、こんな穴子に何が出来るのか。

「あの……シャチとか鮫（さめ）とかとチェンジは出来ませんかね？」

「出来なくはないがのぅ。そいつら凶暴な性格じゃから、そこの桃太郎族や毛玉っこなんぞ一瞬でパクンといかれるぞ」

「ぷぷぷぷぅ……」

因幡（いなば）の白兎もびっくりの恐怖映像が見られるかもしれない。自分が食われるシーンを想像してか、白玉は見初の足にしがみついて震えている。

「じゃから、この穴子にしておくとよいぞ。変なものばっかり食う奴じゃが、そこそこ大人しいからのぅ」

「変なもの……？」

妙な言い方である。見初がその部分を深く聞き出そうとした時、ずっと黙っていた桃之助が重い口を開いた。

「よし、その穴子が最後の家来だ！」

「桃之助様？」

「ふむ。それじゃあ健闘を祈るぞぃ〜」

雨神も見初に穴子を託して帰ってしまう。

桃之助が刀を抜くと、三つ目の穴に光が宿っていた。灰色のくすんだ光であったが。

「いいんですか？　穴子ですよ？」

「それはただの穴子ではなくて、神の使いのようなものだからな。まあ……それでいいだろう」

「桃之助様ちょっと家来探し飽きてません？」

「仕方ないではないか！　もう疲れた！」

何はともあれ、家来が三体揃った。

桃之助が三つの光を宿した刀を一振りすると、刀身は透き通るような桃色に変化した。

それを確認した桃之助の顔に満足げな笑みが浮かぶ。

「さあ……いざ行かん鬼退治！」

「お、おー！」

「ぷぅー！」

　桃之助の掛け声に応えるように、壺の中でぴちぴちと穴子が跳ねる音がした。

「それでどうやって鬼を探すんですか？　もう夜になっちゃいましたけど」

「我らが相手にするような鬼は夜にしか現れないのだ。日が出ている時は霞となり、そこらを漂っている」

　日没後、見初も仕事が終わったところで桃之助一行は外に出ていた。もうすぐ三月になるとはいえ、日が暮れればまだまだ寒さが厳しい季節。

　見初がコートとマフラーを着てくると、桃之助は怪訝そうな視線を向けた。

「そんなもこもこの着物を着ていては動きづらいのではないか？」

「寒さ対策です！」

「ぷぅ！」

　さらに自分の周りに温風を纏わせた白玉をカイロ代わりに抱き締めれば、防寒の対策はバッチリだ。もちろん、雨神から預かった穴子入りの壺も腰に巻いている。

「さあ、鬼斬りの刀よ。お前が斬るべき者へ我らを導け」

桃之助の刀から一筋の光が裏山に向かって放たれた。

「よし……鬼はこの光の先にいる」

「結構近場ですね」

危険な鬼が裏山にいるのなら、そこに棲んでいる妖怪が報せに来そうなものなのだが。

しかし鼻息を荒くした桃之助が裏山を登り始めてしまったので、見初もついていくしかない。白玉を片手で抱き、もう片手に持った懐中電灯で周辺を照らしながら見知った山道を進んでいく。緊迫感が皆無だった。去年の今頃、永遠子がジェイソンになって山を駆け回ったのを思い出す。

「む……？」

刀から伸びる光を頼りに歩き続けること数分、先頭の桃之助が足を止めた。

光がある場所で途絶えているように見える。見初がその辺りを灯りで照らしてみると、大口を開けた洞窟の中へと光は続いていた。

桃之助の顔が緊張で強張る。

「見初、白玉。あそこに鬼がいるぞ。気を引き締めろ」

「は、はい」

いざとなったら触覚の力を使ってみんなを守らなければならないと、見初も覚悟を決める。

だが疑問が一つ。

「こんなところに洞窟なんてあったっけ……？」

「鬼が空間を歪めて、自らの棲み処を作ったのかもしれんな」

見初の呟きにそう答えて桃之助が洞窟の中に入って行く。見初も後に続くと、外よりも空気がひんやりとしていた。鋭い冷気に襲われ、見初は「ひぃっ」と大きく身震いしてから白玉を抱き締めた。

その悲鳴を聞いた桃之助が焦った表情で振り返る。

「攻撃を受けたか⁉」

「すみません、寒いだけです！」

「な、何だ、驚かせおって……」

安堵と呆れの表情を桃之助が浮かべた。

その時だった。

――ヴァァァァァァ……！

洞窟内に響き渡る不気味な雄叫び。見初は思わず立ち止まってしまったが、桃之助が足を止めることはなかった。むしろ、今の声を挑発として受け取ったかのように歩く速度を速めた。

「桃之助様怖くないんですか？」

「怖いぞ。しかし桃太郎一族の使命を果たすため、ここで怖気付くわけにはいかんのだ」

慌てて追いついた見初が問いかけると、桃之助は震える声でそう答えた。

鬼との戦いを全て記憶していながらも、やはり鬼に対する恐怖は存在しているようだ。

いや覚えているからこそ、恐れがあるのかもしれない。

「安心してください、桃之助様！　私も鬼を倒せるように頑張りますから！」

「う、うむ、頼りにして……止まれ、見初。この先に何かがいるぞ」

今まで果敢に進んでいた桃之助はそこで足を止めた。彼が刀の柄を握り締める音がやけに大きく聞こえた。

桃之助の言う通り、前方に何かが潜んでいるようだった。この暗さと距離ではよく分からないが、向こうも身を屈めてこちらを窺っているらしい。

頭部から二本の角を生やしているのが微かに見える。

「…………」

見初は深呼吸してから懐中電灯を『何か』に向けようとしたが――。

「ぷぁっ！」

見初の腕から抜け出した白玉が素早く懐中電灯を叩き落とした。

「白玉⁉　どうしちゃって……あっ」

地面の上に落ちた懐中電灯が洞窟の天井付近を照らす。そしてその真下にいる彼らの姿も明らかとなった。

白と茶と黒、三つの色を有する毛並み。

白玉とそう変わらないサイズの体。

臀部(でんぶ)から伸びた二又に分かれている尻尾。

丸い頭から生えている二本の角、ではなく耳。

「うにゃーん」

そして可愛らしい鳴き声。

まるで猫のような姿をした鬼。というより猫又(ねこまた)だった。

「あれは猫じゃないのか……」

「子供もいるみたいですよ。可愛い」

親猫の周囲に仔猫が三匹いて、じっと見初たちを眺めている。

白玉が懐中電灯を地面に落としたのは、早い段階で彼らの存在に気付いていたからだろう。カメラのフラッシュや懐中電灯の光は、動物の目に悪い影響を及ぼす。

「そちらのお嬢さんは……ほてるで働いている方ですね？」

「はい。私のことを知っているんですか？」

親猫に声をかけられ、見初は肯定しつつ尋ねた。

親猫は枯れ葉で作った寝床に顔を突っ込むと、何かを咥えて出て来た。それを見初の足元でぱっと離す。

「こ、これって……」

「うちの子があなた方のお家に迷い込んだ時に、それを盗って来てしまったようなのです」

鬼に攫われたと思われていた二体の雛人形だ。髪型がやや乱れており、顔に泥が付着しているものの、目立った損傷は見られない。

「すぐにお返しするつもりでした。ですが、悪さをする妖怪としてこの地を追い出されるかもしれないと思うと……大変申し訳ございませんでした」

「そんな謝らないでください。誰もあなたたちを追い出すなんてことしませんよ」

仔猫たちは親猫の尻尾にじゃれついたり、仰向けで寝始めたり、毛づくろいを始めたりとやりたい放題だ。あの三匹の中に人形を持ち去った犯猫がいるようだが、罪の意識はないと思われる。

「それにちょっとホッとしました。鬼に人形を奪われたと思ってましたから」

「？　うちの子は鬼に間違われたということですか？」

「そうなんです。それで鬼退治しにやって来たんですけど……」

見初がちらりと桃之助に視線を向ければ、膝を抱えて縮こまっている。洞窟に足を踏み入れた際の勇敢さはどこに行ってしまったのか。

「また間違えてしまった……」

「ぷぅ～」

自己嫌悪に陥る桃之助の背中を白玉がそっと叩いた。

鬼の棲み処を目指していたはずが猫又ハウスにお邪魔していた。

見初と桃之助は鬼斬りの刀が誤作動を起こしたのではと考えたが、あながちそうとも言い切れなかった。と言うのも猫又たちがいたあの洞窟、実は元々とある鬼の棲み処だったらしい。

ホテル櫻葉の近くということもあり、比較的平和なこの地に術で洞窟を作って暮らしていたのだ。

そして別の場所に移り住む際、安全に子育て出来る場所を探していた猫又に譲った。

桃之助の刀が反応していたのは、鬼の気配が残る洞窟そのものだったのである。

「目的の鬼がおらんとは……これでは使命が果たせないではないか」

ぶつぶつと愚痴を零しつつ、桃之助は桃山の部屋で桃の缶詰を食べていた。

猫又親子と出会ってから三日間桃之助は鬼を探し続けたが、結局発見には至らなかった。

永遠子の嗅覚も頼ってみたものの、よからぬ妖怪の匂いを感知することもなかった。

「これから……どうする……？」

「そうだな。いつまでも嘆いていても仕方ない。役目が終わった桃太郎は霞となって消えるものだが、もう少しこの世に留まって今の時代を楽しもうと思う。恐らく我が顕現したこと自体が間違いだが、たまにはいいものだ」

「そうか……」

「それに見初に聞いたぞ。桃太郎には様々な伝説があるらしいではないか。どんなものがあるのか興味がある！」

桃山と桃之助がこんな会話をしている時、寮のホールではある議論がなされていた。


「これ、どうしましょう」

テーブルの上に置かれた小さな壺。その中からは水の音が絶えず聞こえる。

雨神から家来要員としてもらった穴子は、三日経過した現在も元気だった。衰弱する様子はまだまだ見られない。

「雨神様は食べてもいいって言ってましたけど」

「俺はやめたほうがいいと思う。神の使いを食べるなんて絶対に祟られる」

「私も冬ちゃんと同じ意見だわ」

「やっぱりそうですよねぇ」

桃山に捌(さば)いてもらい、蒲焼きにして食べる気でいたのは言わないでおこう。見初は本心を隠して、冬緒たちと同意見の振りをした。

「でも、雨神様が泊まりに来てくださるのを待つとして……それまでこの穴子さんどうします？」

常連客なので近いうちにまた来てくれるだろうが、いつまでもこの小さな壺の中に閉じ込めておくのは可哀想だと思う。

出来れば広々とした場所で……と思っていると、柳村が何やら大きな水槽をカートに載せて運んで来た。

「この水槽の中で飼育しましょう。大きさもそれなりにありますし、食事の際は私たちがいますから寂しい思いもしないでしょう」

「柳村さん……ありがとうございます！」

あとは雨神が来るのをのんびり待てばいい。そう思いながら見初はある方向に視線を向けた。

そこにはショーケースの中に飾られた雛人形を眺める柚枝の姿があった。

猫又の巣から持ち帰って来た人形も、天樹(あまき)が手入れをしたおかげで綺麗な姿を取り戻している。そのことが嬉しくて、柚枝の体からは桃の花がぽろぽろ零れ出していた。

◆◆◆

深夜二時。従業員たちはみんな寝静まり、無人となった暗闇のホールに足を踏み入れる影があった。

——ようやく桃太郎がいなくなってくれた。

そうほくそ笑みながら現れたのは、黒い肌を持つ痩身の鬼だった。その肉食獣のようにぎらついた眼差しの先には、透明な箱の中で鎮座する人形がある。

あの無機質な体の中には美味そうな魂が宿っている。その味を想像して思わず舌なめずりをする。

人から愛された人形には念が宿り、やがては魂となる。それは作られてから間もない人形であっても変わりない。

ここには人形を愛で、愛する者が多いようだ。

「まったく……邪魔ばかり入ってしまった」

人気がない時間を見計らって人形を奪い取ろうとしたが、『桃太郎』の気配を感じて慌てて逃げ出した。陰陽師はともかく、あの子供はまずい。『桃太郎』が持つ刀は鬼を確実に斬る力があるのだ。あんなのに斬られて消えたら、復活するのにどれだけ時間がかかるのやら。

だから桃太郎がこの地を去るのを待っていたのだ。

「さて、いただくか……」

人形に手を伸ばそうとして――。

ちゃぷん。

背後から水の音がして鬼は慌てて振り返る。

「な、何だ？」

水が大量に入った透明の箱。そこで一匹の穴子がのんびりと泳いでいるだけだった。

それを見て鬼は胸を撫で下ろす。それから水が波打つ音だけで驚いた自分を恥じた。

「気を取り直して今度こそ……」

再び人形に向き直った鬼の耳に、ばしゃんと激しい水音が届く。

鬼は動きを止めた。

腹ごなしにあれを食ってしまおうか。そう考えて振り向く。

巨大な穴子が鬼を見下ろしていた。

「え？」

天井まで届くほどの巨体に変貌（へんぼう）を遂げたそれを、鬼はぽかんと口を開きながら見上げた。

同じように穴子も大口を開けて鬼にゆっくりと迫っていく。その意図に気付いた鬼はすぐに逃げ出そうとしたが、恐怖で体が動かない。

「ひっ、やめっ、来るな！　来ないでくれ……！」

必死に懇願する。その声が穴子に届くことはなかった。

「オマエ、ウマソウ」

次の瞬間、穴子はぽっかりと開けたその口で鬼を丸呑みした。

「ゲフッ」

夜食を平らげた穴子が満足そうにげっぷをしていると、廊下から足音が聞こえて来た。

その直後、ホールを照明の光が照らす。

「んー？　何か声が聞こえた気がしたんだけどな」

明かりを点けたのは海帆だった。訝しげにホール内を見回す。

てっきり妖怪か人間でも忍び込んだのかと思ったのだが、不届き者の姿は見当たらない。

猫又親子から返してもらった雛人形も、雨神からの預かりものも無事だ。

一つ問題があるとすれば、穴子がいる水槽付近の床が水浸しになっているくらいだ。

「こいつ、活きが良いなぁ。何にも食ってないって聞いたけど……」

雑巾で濡れた床を拭き、海帆は照明を消して自室に戻って行った。

その後ホテル櫻葉にやって来た雨神は穴子を引き取った。しかしその際の「こいつまーた変なものを食いおった！」という発言に、見初たちは首を傾げるばかりだった。

エピローグ

「椿木さん、一緒にコンビニ行きましょう！」

自室で寛いでいた冬緒が見初にそう誘われたのは夕食後のことだった。

「別にいいけど……何か買いたいのか？」

「それがですね、島根限定ののどぐろアイスが今日発売だったんです！　忘れてました！」

「うわぁ、そんなの忘れておいたほうがよかっただろ！」

ちなみに島根県浜田市は、高級魚のどぐろの名産地である。

のどぐろはどんな料理にしても美味しい。普通に焼いてもよし、一夜干しにしてぎゅっと味を閉じ込めたのを焼いてもよし。

上質な脂が乗っているので刺身でも美味しく、炙って皮ごといただくのも乙だ。鍋の具材にすれば、旨味が溶け込んで極上のスープが生まれる。

「だからアイスも絶対美味しいはずですよ」

「やめたほうがいいと思うけど……でも行くか」

のどぐろに絶大な信頼を寄せる見初に、冬緒が折れた瞬間だった。この情熱を消すためには実食させる他ない。

「じゃあ、行きましょう！　すぐ行きましょう！」

「は、はい……」

永遠子(とわこ)がドジョウで劇物を作った時は戦慄(せんりつ)していたのに、今回はやけにはしゃぐ見初を不思議に思いつつ、冬緒は身支度をした。

◆◆◆

もうすぐ春が訪れるからか、今夜は突き刺すような寒さを感じない。夜のお出かけにはうってつけだ。

「ふん、ふん、ふふんっ」

お目当てののどぐろアイスを無事ゲットした見初はご機嫌だった。このあと、地獄を見るかもしれないというのに、鼻歌まで歌ってアイスが入ったビニール袋を振り回している。

可愛いと思いつつ、何だか哀れに見えてきて冬緒は切なくなった。散歩だと思い込んでいるペットを動物病院に連れていく飼い主の気持ちが少し分かった気がする。

だから見初の悲しみを軽減するために、冬緒はコンビニでバニラアイスを買った。見初がのどぐろアイスで絶望した時に交換するためである。

冬緒だってそんなゲテモノは食べたくないが、大好きな女の子の笑顔と味覚を守りたい。その一心だった。

「と、時町？　もし、アイスを一口食べてみて合わなかったら……」

「こうやってると楽しいですね、デート」

「えっ⁉　デート⁉」

驚いて立ち止まると、見初は照れ臭そうに自分の頬を掻いた。

「ほ、ほら、私たちって仕事柄一緒にお休み取れないじゃないですか。だからお昼に色んなところに行ったり出来ないから、だったら夜だ！　って思ったんです、けど……」

自分で言っていて恥ずかしくなったのか、語尾が徐々に小さくなっていく。

車道を通った車のライトが一瞬だけ照らした見初の頬は、赤く染まっていた。寒さのためだけじゃないのは表情を見ればすぐに分かる。

見初がやけにはしゃいでいたのも、のどぐろアイスに期待していただけではない。恋人との夜のデートを満喫していたのだ。

コンビニに行くのに冬緒を誘った時は、デートのデの字も出さなかったのに。生臭そうなアイスへの不安もあってか冬緒は意識していなかったが、実は見初はしっかり意識していたのだ。

冬緒は胸の高鳴りが止まらずにいた。

「……時町」

なけなしの勇気を振り絞って右手を差し出す。

その途端、見初は後退り（あとじさ）をした。何故。

「ダ、ダメですよ！　私のアイスは渡せません……！」

「違うよ！　アイスが欲しいんじゃなくて、お前と手が繋ぎたいんだよ！」

あらぬ疑いをかけられ、冬緒はムード作りを放棄して叫んだ。が、効果はあったようで見初は目を丸くしてから、自らの左手を冬緒の右手に置いた。

置いただけで何もしようとしないので、冬緒がゆっくりと握ってみると「あ、温かいですね」と緊張を含んだコメントをされた。

冬緒のほうは自分よりも小さく細い手に、握り潰してしまわないかと要らぬ心配をしていた。

こんな程度の接触なら今まで何度かあったのに、緊張の度合いが段違いだ。

この日冬緒は、恋人という関係の深みと重みを初めて知った。

番外編　もしもし？　詐欺です。

「雷訪、ここのマスどうしようか？」

「そうですなぁ……白玉様はどんなのがいいと思いますか？」

「ぷぅ。ぷぷぷ、ぷぅぅ。ぷぅぷぅぅ」

「白玉何て言ってるの？」

「『知人に騙されて偽の銀塊を購入。マイナス五百万』とのことです」

午後九時。見初と雷訪は大きな厚紙に何やらひたすら書き続けていた。

ぐにゃぐにゃと曲がりくねった道路と、その脇には雑に描いた家やマンション。そして道路の真ん中には大小大きさの違う丸を書き、大きな丸には文章が書き込まれている。

見初たちが黙々と作っているのは人生ゲームだ。風来と雷訪の友人である妖怪たちが遊びに来た時のために、手作りしているのである。

「うーん、このマスは何書こうかな」

「ぷぅ〜、ぷっぷぷっぷっ！」

「なになに……『今日が大安だからって宝くじを買いすぎてマイナス四百万』ですかな？」

「宝くじ買わなくてもそんなにお金あるなら、他のことに使いなよ！」

先程から白玉のアドバイスを聞いてマスを埋めていった結果、マイナスが出るマスが大量に出来てしまった。最も高額なのは『惑星を買ったら隕石に破壊されてマイナス十億』である。

「うーん、悲惨な人生ゲームですな」

「こんなのやったらみんな悲しくなりそうだから、お金がたくさんもらえるマスも増やさないと……」

「ぷぅぷぅ」

「『会社の隠し金庫を発見してプラス一億』とのことですぞ」

もっと平和なお金の貯め方がいい。見初がとりあえず『ご近所の人から図書券をもらった＋五百円』と書き込んだ時だった。

「ウエーンッ、見初姐さーんっ！」

風来が泣き叫びながら見初の部屋に飛び込んで来た。

「ど、どうしたの風来⁉」

「今部屋でぐうたらしてたら電話が来て……」

「電話？」

「雷訪が結婚してる女の人とご飯食べに行ったせいで慰謝料請求されてるんだって～！」

見初と白玉は物凄い速度で雷訪を見た。雷訪も身の潔白を訴えるようにぶんぶんと首を横に振っている。

そりゃそうか、と見初はほっとした。

「でもそんな電話誰からかかってきたの……」

「雷訪だよ〜！」

「私ここにおりますが⁉」

「えっ⁉　雷訪どうしてここにいるの⁉　今どっかの事務所にいるんじゃなかったの⁉」

二匹とも混乱している。特に狸。

これは深く話を聞く必要があると見初は風来に質問をした。

「そ、それ本当に雷訪だったの……？」

「雷訪だったよ！　電話出て『オレだよ、オレオレ！』ってうるさいから雷訪？　って聞いたら『そうだよ！　助けてくれよ！』って言ってたもん！」

「別人じゃん！」

一人称も口調もまったく合致していない。何故それを雷訪だと思い込んだのか。

「雷訪はずっと私と人生ゲーム作ってたよ。電話なんてかけてないよ」

「そ、そうですぞ！　おかしなことを言うのではありませんぞ！」

「え？　じゃ、じゃあ見初姐さんの隣にいるのはニセモノ雷訪……？」

「どう考えてもこっちが本物だよ！」

「こんな狸に友情を感じていた私が大馬鹿でした……」

狸と狐の友情に亀裂が走る。そんな中、白玉が「ぷぅぷぅぷぷ」と一鳴き。それを聞いて雷訪がはっとする。

「オ、『オレオレ詐欺』ですと……？」

「うん、私もそうだと思う」

見初もがっくりした表情で頷く。

おお狸よ、詐欺師に騙されるとは情けない。

◆◆◆

翌日の朝食タイムで風来への事情聴取が行われた。

「でもオレオレ詐欺なんだからお金要求されたと思うけど、そういうのは言われなかったの？」

「『お前の大事なものを持ってこい』って言われたから、おやつのせんべい持って行くつもりだった！」

「風来にとって私はせんべいと同じ程度だったのですな……」

もっと大事なものが思い付かなかったのだろうか。

「でもやっぱりオイラの毛皮がいいかなって思って、見初姐さんにお願いしに行ったんだよ」

「うわーっ！　私に皮を剥がせる気だったの⁉」

「どうしてせんべいのままで留まらなかったのですか！」

電話主も狸の毛皮をもらっても困るだろう。見初だってそんな大役を任されたら、緊張で泡を吹く自信があった。

「ま、またそういう電話があったらまずは私たちに相談して。忙しい時は白玉でもいいから」

「ぷぅっ」

オレオレ詐欺だけでなくお金の暗い話に詳しい白玉なら、きっと風来の暴走を止めてくれるに違いない。

今回は被害がなかったからいいものを……。

「あ、あの……」

後ろから声をかけられた見初が振り向くと、そこには元山神の少女がいた。

「あ、どうしたんですか柚枝（ゆえ）様」

「風来ちゃん、電話で騙されたんですか……？」

「騙されちゃった〜」

当の本人に反省の色がまったく見られない。

「じ、実は私にも三日前同じような電話が来たんです……」

「えええええっ、柚枝様にも⁉」

「事故を起こして相手から慰謝料を請求されているから、今すぐ一番大事なものを持ってきて欲しいって……」

「ちなみに柚枝様は誰と勘違いを……？」

「いえ、『オレだよ、オレ』としか言わなかったので最後まで誰か分からなかったんですけど、困っているみたいだからすぐに助けようと思ったんです」

それはあまりにも優しすぎる。こんな子を騙すなんて……と見初はまだ見ぬ犯人に憤り(いきどお)を覚えた。

「それで指定された場所にひまわりの種を持って行きました」

「ぷぅ？」

「何故ひまわりの種なのです？」

「そ、その、油で揚げて砂糖をまぶして食べるととっても美味しくて、見初様に作ってもらおうと用意していたんです……」

流石に本人も悔いているのか、少し恥ずかしそうにしている。

「でも風来だけじゃなくて柚枝様も被害に遭ってたなんて……」

「これは大きな問題になりそうですぞ……」

固唾を呑む見初と雷訪。

その様子を離れた場所からじっと見詰める存在があった。

昼休み、素早く昼食を食べ終えた見初はホールの隅で、風来と雷訪に報告をしていた。

「永遠子(とわこ)さんに聞いたけど、他の従業員でそういう電話があった人はいないみたいだよ」

「オイラも天樹(あまき)兄ちゃんと海帆(みほ)姐さんに聞いたけど、そんな電話ないって！」

「そうなると被害者は一匹と一人ですな」

「ぷぅ……」

一人と三匹で真剣に言葉を交わし合っていると、

「いや一匹と二人だ」

火々知(かがち)が現れた。

「火々知さん、知ってるんですか？」

「うむ。何せこの吾輩(わがはい)にかかってきたのだ」

「あ、何だ火々知さんなら……」

人間社会での生活が長い火々知なら、すぐに電話が詐欺だと気付いただろう。見初は安(あん)堵(ど)した。

「ただし狸と山神とは違い、吾輩を直接脅す内容だった」

「えっ、怖いですね」

「吾輩が数年前キャバクラに行った際に泥酔して店の酒を全部飲んだ挙げ句、無銭飲食した罪で訴えるというものだ」

「滅茶苦茶悪いじゃないですか。そんなのに騙されるわけ……」

「……………」

　謎の沈黙が見初と獣たちを襲う。火々知はやけに神妙な顔付きをしていた。

「か、火々知さん？」

「……訴えられたくなければ大事なものを差し出せと言われたので、途中まで飲んでいた十万円のワインを指定場所に持って行った」

「火々知さん⁉」

「火々知おじちゃん、それやっちゃったの⁉」

　風来と柚枝とは明らかに違う展開に、見初たちもパニックになる。

　特に見初が本気で焦った表情で火々知の体を揺さぶる。こんなのホテルでも庇い切れない。永遠子が知ったら泡を吹いて倒れてしまう。

「火々知さんワイン一本で済ませないで出頭してください！　私も付き添いますから！」

「吾輩がそんな愚行を働くわけないだろう！」

「だったら何故ワインを持っていったのです⁉」

「その時の吾輩は泥酔していたと言うし、心当たりがないわけでも……」

途端に弱気になる。ここでガツンと否定できないところに見初たちも不安を感じる。

「自分をもっと信じてあげてくださいよ」

だが火々知の電話も間違いなく同一犯だ。見初はそう確信した。

「風来と柚枝様の時と同じで、お金じゃなくて『大事なもの』を要求してませんか？」

「確かにそうですな……」

その結果が十万円のワインはともかく、ひまわりの種と毛皮である。ハムスターと毛皮コレクターしか喜ばない。

「犯人……もしかして人間じゃないかもしれないですね」

「ふむ。確かに被害に遭ったのは全員妖怪だ。ならば電話の主も妖怪である可能性は高い」

そんな推理が出てから翌日、事態が進展した。

「見初様、やりましたぞ！　私のところにオレオレ詐欺がきましたぞ！」

宝くじが当たったような喜びようで、雷訪が見初の部屋に飛び込んできた。ただいまの時刻午前五時。見初は驚いてベッドから落ちそうになった。

「本当に『オレだよオレ』を繰り返していましたぞ。なので風来だと勘違いしている振りをしたら、『宝石強盗に加担してしまって、店長から弁償を求められている』そうですな。やはり私も大事なものを要求されたので、油揚げを用意しました」

「確かに雷訪にとって本当に大事……それでどこに行くの？」

「このホテルの物置小屋ですぞ」

「近いよ！」

普通どこかの公園なのでは。

考えてみれば、この短期間に被害が四件出るのはおかしい。

従業員の犯行……？　と疑いつつ、見初も同行することにした。


「……それで何で火々知さんも来たんですか？」

当然のようにいるソムリエに見初は首を傾げた。

「決まっているだろう。そこに犯人が来るかもしれんのだ。待ち伏せして捕まえてやる」

自分の時にそれをしなかったのは、罪の意識があったからだろう。見初の生温かな視線が一丁前に威厳を醸(かも)し出している火々知に突き刺さる。

物置小屋はホテル櫻葉の裏にある。そこには風来や雷訪が清掃する時に使う道具がしまってあるのだが。

「で、では開けますぞ……」

雷訪が小屋を開くと、中に籠っていた空気が外に流れ出た。土や埃の匂いが漂う。

「分かりやすい場所に置いて……むむむ？」

「雷訪どうしたの？」

「これを見てください」

雷訪が指を差したのはビニール袋に入った何か。

中身を見るとひまわりの種がぎっしり詰まっていた。

「柚枝様が置いて行ったもの……かな？」

「まだ犯人に持ち去られていなかったようですな」

「と、ということは吾輩のワインもまだあるのか⁉」

火々知が慌ただしく小屋内を探し回る。

「あ、あのぉ……そのひまわりの種を置いて行った子、もしかしてあなた方の知り合い？」

困り果てたような声がした。

まさか犯人がもう来ている？　見初たちが声がしたほうに視線を向けると、そこに人影はなく。

「それ……あの子に返してあげてくれません？」

代わりに一台の黒電話があった。

「あっ、すごい！　黒電話って私初めて見ました」

「昔ホテルで使っていたものらしいですぞ。捨てるに捨てられず、小屋にしまわれていたとのことですが……」

「そうなんですよ。ワタシ現役の頃はこのホテルで頑張っていました」

謎の声は黒電話から聞こえた。ダイヤルを回す部分が勝手にジー……ジー……と動いている。

雷訪はふむと、腕を組んで電話を観察した。

「これは付喪神（つくもがみ）の一種ですな。長い間使われていた道具に、魂が宿ったようですぞ」

「じゃあ、犯人のことも何か知ってるかな？」

見初がそう言うと、「あー……」と黒電話から申し訳なさそうな声が上がった。

「その犯人ワタシです……」

「えっ⁉　どういうこと⁉」

「実は付喪神として魂を得たのはいいんですけど、こんな真っ暗な場所じゃやることもなく退屈で退屈で……」

「それはそうですな。こんな場所にずっといたら、私泣いてしまいますな」

「ワタシは霊力を使えば電話をかけられることを発見しました。ということで悪戯（いたずら）電話を始めたんですけど……」

「『こらこら！』」

見初と雷訪はほぼ同時にツッコミを入れた。何故通話可能と知るや否や悪戯に走ってしまったのか。

「だって暇すぎて鬱憤(うっぷん)が溜まってたんです……」

と黒電話も申し訳なさそうに言い訳しているが、ストレス発散でやっていいことではない。

「たまに小屋を通りかかる妖怪ぐらいしか話し相手がいないんですよ、ワタシ」

「だったら私と風来にも声をかければよかったではありませんか」

「前に話しかけたことがありますけど、幻聴だと思われてしまいました」

「申し訳ありませんですぞ……」

雷訪は素直に謝った。

「ただ悪戯電話を真に受けた妖怪が、小屋に物を置きに来たからびっくりしました。しかしこの緊張感と高揚感を忘れることは出来ず、繰り返してしまいました……」

黒電話からジリリ……と小さな音が鳴る。反省してますというサインだろうか。

見初と雷訪は脱力感で溜め息をついた。

「でも犯人が見付かってよかったね……」

「ですな」

「よくないぞ！」

叫んだのは火々知だった。先程からずっとワインを捜索しているのだが、見付からないようだ。今は雑巾の山を漁っている。

「小娘のひまわりの種があるのに、どうして吾輩のワインがないのだ⁉」

「ああ、あれですか」

黒電話のベル音がピタリと止まる。

「何か変な匂いがして臭かったので、通りかかった妖怪に頼んで捨てに行ってもらいました。……何であなた、腐った葡萄汁持っていたんですか？」

小屋内の気温が急速に低下していくのを見初と雷訪は肌で感じ取った。

その後、火々知に破壊されそうになりながらも物置小屋から持ち出された黒電話は、風来と雷訪の部屋にお引越しすることになった。

「う〜、オイラやっぱりかけ算苦手だなぁ」

「ワタシ、二の段までならいえます」

「ほんと？　天才だね、妖怪専門のお悩み相談所出来るよ！」

「ウフフ」

部屋主とは上手くやれているようだ。

◆この作品はフィクションです。
実在の人物、団体などには一切関係ありません。

双葉文庫

か-51-11

出雲のあやかしホテルに就職します⑪

2021年12月19日　第1刷発行

【著者】
硝子町玻璃

【発行者】
箕浦克史
【発行所】
株式会社双葉社
〒162-8540 東京都新宿区東五軒町3番28号
［電話］03-5261-4818(営業部)　03-5261-4833(編集部)
www.futabasha.co.jp(双葉社の書籍・コミックが買えます)
【印刷所】
中央精版印刷株式会社
【製本所】
中央精版印刷株式会社

【フォーマット・デザイン】
日下潤一

ISBN978-4-575-52525-0 C0193
Printed in Japan